A FASCINAÇÃO DAS ASAS

Autor Fernando Armando Ribeiro
Revisão Lyslei Nascimento
Projeto gráfico e diagramação Caroline Gischewski
Editores Alencar Perdigão
Cláudia Masini
Luciana Tanure
Thásia de Medeiros

Catalogação na Publicação (CIP)

R484

Ribeiro, Fernando Armando
A fascinação das asas / Fernando Armando Ribeiro. - Belo Horizonte : Quixote+Do Editoras Associadas, 2019.
144 p.

ISBN 978-85-66256-53-6

1. Ficção brasileira. I. Título.

CDD B869.3

Bibliotecária responsável Fernanda Gomes de Souza CRB-6/2472

Quixote+Do Editoras Associadas
www.quixote-do.com.br
Rua Fernandes Tourinho, 274
Belo Horizonte, MG, Brasil
Tel: (31) 3227.3077
editora@quixote-do.com.br

Fernando Armando Ribeiro

A FASCINAÇÃO DAS ASAS

EDITORAS ASSOCIADAS

Dedico este livro a todos os que, por meio de palavras, têm ousado dotar a humanidade de asas, tão improváveis quanto imprescindíveis.

Quando fiam uti chelidon –
O swallow swallow *
(T. S. Eliot, *The waste land*)

* *Quando me tornar uma andorinha.*
Oh andorinha, andorinha.

I

Ao sair para um de seus passeios naquela manhã de primavera, Aurélio não poderia imaginar a imensa jornada que teria pela frente. As caminhadas de sábado eram o tempo que considerava verdadeiramente seu. Pelas trilhas da floresta, entregava-se à contemplação das aves. Ali, sentia-se maior e mais vivo, não apenas um consumidor de utilidades ou um número em meio à multidão.

O difícil nesses passeios era o retorno. Caminhava sozinho, deixando-se guiar pelos sons. Cantos e silvos dos mais diversos timbres eram entrecortados por movimentos de voo, pouso e acasalamento. A diversão dos tempos criança de passar horas a fio a observar pássaros viria a se converter na obsessão do jovem, que tudo parecia sacrificar para vê-los. Sentia-se de tal modo arrebatado que não conseguia sequer compreender como alguém podia caminhar por ali sem ser tocado pela sinfonia da mata. Tampouco entendia o comportamento dos criadores de aves, tão ávidos em manter seus cativeiros, surdos à música que somente a liberdade pode inspirar nos pássaros.

Na cidade, sempre que lhe perguntavam sobre suas caminhadas, Aurélio enrubescia. Alguns vizinhos, e mesmo familiares, chegavam a confabular maledicências em torno desses passeios sem rota e a lugar algum.

Arrebatado pela beleza do dia e pela magia daqueles instantes, Aurélio caminhou durante horas em meio à floresta. Vista de longe, a cidade parecia menor e ainda mais acolhedora. O porto, sua principal fonte de riquezas, dali não se avistava.

Da montanha, a praça da igreja destacava-se em meio ao centro comercial, e a arquitetura da cidade parecia fazer dueto com a extasiante visão do mar. Mar que Aurélio contemplava sempre como se fosse pela primeira vez.

Após a pausa para comer o sanduíche de atum e as frutas que trouxera como almoço, percebeu, pela clareira das árvores, uma grande concentração de araras-vermelhas mais ao alto na montanha. Não será difícil chegar até lá, pensou.

A subida, contudo, foi mais pesada do que havia imaginado, e, em certo ponto, notou que já não seguia por nenhuma trilha. Seguidas vezes teve de se esgueirar por entre raízes e agarrar-se a algumas pedras. O cansaço começou a bater em seu corpo, e ele sentiu as pernas fraquejarem, mas o som emitido pelas araras excitava-lhe o espírito, tornando impossível qualquer pausa para descanso.

Guiado pelos silvos do bando, seguiu adiante em meio a cambucis, ipês e jacarandás, os quais considerava obras-primas da natureza. Sentindo a aproximação das aves, fez um gesto ligeiro para alcançar o binóculo na mochila, mas levou um tempo para encontrá-lo em meio aos objetos aleatoriamente enfiados ali na madrugada.

Alguns metros adiante, a mata entreabriu-se numa imensa clareira, e Aurélio, ainda ofegante e sentindo o suor escorrer por seus cabelos, parou para contemplar as araras que ali sobrevoavam.

Ficou imóvel a observá-las em seu voo circular, revezando-se por entre as fendas do penhasco. Em certo momento, deixou de lado o binóculo. Sabia que a percepção focada em detalhes o faria perder a beleza do todo. Só assim, à distância, poderia perceber a esplêndida orquestração daquele balé aéreo. Vistas sob a luz solar, as plumas das aves reluziam como veludo, os tons pareciam oscilar do azul e do vermelho intensos até os quase opacos.

As aves que voavam na linha do horizonte traziam a Aurélio uma sensação de transcendência e perda da realidade. Afinal, seres como aqueles, de bicos imensos, voo colorido e histérico chilreio não eram tão surreais quanto coelhos falantes ou tigres que comem à mesa?

Com o passar do tempo, Aurélio notou que as aves já não se revezavam chegando e saindo do penhasco. Concentradas junto à encosta, os sons que emitiam tornavam-se ainda mais estridentes. Foi então que Aurélio percebeu que o céu se tingia de um outro vermelho. Meu Deus, descuidei do caminho! – ele refletiu, um pouco aturdido. O sol escondia sua face nas montanhas, e Aurélio constatou que não haveria tempo para fazer o caminho de volta. Guiado pelos instintos do antigo escoteiro, começou a procurar um local para passar a noite.

A vegetação predominante não era propensa ao abrigo, mas Aurélio logo viu sinais de fogo não muito longe dali. Não podia ser uma simples queimada – pensou otimista. Colocou os pertences de volta na mochila e partiu a passos rápidos em direção às chamas.

As brumas da noite já começavam a uniformizar os tons da mata quando Aurélio lembrou-se de que não havia trocado as baterias da lanterna. Assim, acelerou ainda mais os passos, caminhando num ritmo que não conseguiria manter por muito tempo. Adiante, uma trilha havia sido aberta e a caminhada tornou-se mais fácil. A subida chegava ao fim e a floresta tornou-se, dali em diante, menos densa.

Já não conseguia perceber os sinais de fogo, mas estava aliviado por avaliar que aquele era um bom lugar para passar a noite. Aurélio não trazia os objetos necessários para acampamento, mas possuía ao menos o indispensável. Estava a fazer a limpeza e a verificar a área quando ouviu alguns barulhos ao redor. Temendo o ataque de algum animal selvagem, correu em direção à mochila para pegar o facão. Logo que se abaixou, ouviu uma voz gutural ordenar:

— Não se mexa! Ponha as mãos na cabeça e não se mexa!

Quando luzes de lanterna iluminaram o local, notou que havia armas apontadas para ele.

2

Ao atravessar os corredores do prédio do comando central, o coronel Torres não se dava conta dos homens que a ele se voltavam prestando continência. Costumava caminhar concentrado em si mesmo, mais do que em qualquer outra coisa ou pessoa que julgasse menos poderosa do que ele. Naquele dia, sua fisionomia parecia mais carregada. Trazia nas mãos um pasta cheia de papéis e tinha um plano arquitetado na cabeça.

A reunião do alto comando começaria dentro de quinze minutos, mas, com suas averiguações prévias, ele já sabia do que iriam tratar. Havia calculado até mesmo onde se sentaria. Assim, quando o general Costa adentrou a porta da sala de reuniões, foi ele o primeiro a levantar-se para saudá-lo, puxando-lhe a cadeira antes que a ajudante de ordens pudesse fazê-lo.

Obrigado, coronel. Sentemos! – disse o general com uma voz firme e pausada.

Durante a reunião, o general leu textos e apresentou planilhas, tentando lembrar a todos a "gravidade daquele momento histórico", "um dos mais desafiadores por que já passara em seus cinquenta e dois anos de serviço público", frase essa que repetia com frequência, sempre elevando o tom da voz com indisfarçável orgulho.

No dia anterior, após o apoteótico discurso feito das sacadas do palácio, o presidente Quirino decretara estado de sítio. Se dúvidas pudessem restar de que havia tempos o país estava imerso num regime de exceção, a partir daquele momento, elas se esvairiam por inteiro.

O general sabia, porém, que o presidente nutria um propósito e que o preço pelos poderes concedidos aos militares logo seria cobrado.

Na semana anterior, guerrilheiros do Movimento de Libertação, também conhecido como ML, haviam promovido um impetuoso atentado contra o ministro da Casa Civil, considerado o braço direito de Quirino. Sete pessoas haviam sido mortas, e o ministro, baleado, seguia hospitalizado e em risco de vida.

Em seu discurso, Quirino deixara evidente ser inadmissível, após tantas lutas para depor o governo de Solano, que o povo tivesse de se submeter aos caprichos de terroristas, que não sabiam conviver com a ordem democrática.

Para a mente pragmática do coronel Torres, a mensagem não podia ser mais clara: era preciso acabar com o ML. Apesar de não nutrir simpatias pela ideologia de Quirino, tendo sido ligado a Solano desde o início de sua carreira, estava certo de que aquele era o caminho mais curto para sua promoção.

3

Ao chegar ao acampamento, assim que lhe retiraram a venda, Aurélio constatou que uma fogueira existira de fato por ali.

— A chefe gostaria de vê-lo? – indagou o homem que o conduzia de mãos atadas por uma corda.

— Mais tarde. Por ora, prendam-no naquela tenda – disse o outro.

A tenda de lona tornava-se ainda mais diminuta postada ao lado da imensa figueira. Em suas raízes estava atada a corrente com a qual prenderam Aurélio pelo tornozelo da perna esquerda. O homem que o conduzira liberou a corda que algemava suas mãos e disse:

— Tragam pra ele um cobertor e água.

Aurélio, apesar de tudo, adormeceu rapidamente e só voltou a despertar sob o impacto da mesma voz gutural que primeiro ouvira na floresta. Dessa vez, não lhe dirigiam uma ordem, mas uma pergunta:

— Não está com fome?

Na verdade, estava. Embora ficasse aflito só de pensar em como as porções deveriam ser terríveis, já não via a hora de comer. Depois das primeiras colheradas da sopa com pão, ficou a ponderar se de fato não seria a fome a maior das cozinheiras.

Mas quem eram aqueles homens? Iriam matá-lo? – eram perguntas que se repetiam como um refrão em sua cabeça. Lembrou-se, então, de sua casa. Seu pai, sua madrasta e suas irmãs deveriam estar à sua procura. Ou não... – pensou, desapontado, ao recordar que, mais de uma vez, nem sequer se deram conta de suas ausências.

Com exceção da irmã mais nova, a família o considerava um tolo, imprestável para a vida, como sintetizara o pai em palavras que há tanto tempo lhe doíam. De um tio, capitão do Exército, ouviu, certa vez, aquilo que julgou ser um elogio: "Esse aí nasceu pra voar!". Tempos depois, contudo, descobriria que a frase não passava de um jargão militar depreciativo.

Seu amor pelas aves nunca fora compreendido pela família. Em seu aniversário de sete anos, presenteado pelo pai com uma bela gaiola branca com um casal de calopsitas, surpreendeu a todos com sua reação inconformada. Ninguém conseguia entender o choro incontido do menino desde que ganhara o presente. Mais tarde, distraídos os convidados a saborear o bolo de aniversário, libertou as duas aves e ateou fogo à gaiola.

4

A lona da tenda não foi escura o suficiente para esconder a luminosidade do dia, que encontrou Aurélio até bem-disposto. O cansaço da jornada e o prazer de dormir no meio da mata desanuviaram seus pensamentos e permitiram que tivesse um bom sono. Desde que acordara, entregara-se ao prazer que tanto apreciava, mas como a tenda o impedisse de ver os pássaros, fechou os olhos e ficou a acompanhá-los apenas com os ouvidos.

Quando os homens chegaram ali, ficaram surpresos por encontrá-lo assim tão animado.

— Tem harpias sobrevoando esta região, vocês sabiam?

Os homens se entreolharam surpresos, e Aurélio deu-se conta de que eles não mais traziam mantimentos.

— Você conhece as harpias? – indagou o mais velho.

— Infelizmente, nunca as vi, mas posso garantir que as conheço bem!

A resposta fez com que os homens se entreolhassem de novo. O tom enigmático, no entanto, não fora proposital. A harpia era mesmo uma de suas aves preferidas, e em casa teve de ocupar várias gavetas com informações que recolhia sobre elas. Quando tinha doze anos, sua mãe, de tanto ouvi-lo falar nessas aves, sugeriu ao pai dar-lhe uma viagem ao zoológico da capital para que pudesse vê-las. Então, sob o olhar repressivo do pai, disse que só aceitaria se lhe dessem também a chave dos viveiros.

— Quem é você? O que faz aqui? – perguntou o da voz gutural.

— Bem... meu nome é Aurélio... E... acho que vocês é que podiam me dizer o que faço aqui.

— Não banque o espertinho, rapaz!

Aurélio olhava como se não entendesse a pergunta.

— O que fazia no meio da floresta? – completou o homem.

Depois de permanecer por algum tempo em silêncio, Aurélio respondeu:

— Saí para observar aves, como de costume, mas acabei me perdendo, atraído por um bando de araras...

— Você deve achar que somos idiotas não é mesmo? – disse outro homem.

Aurélio fez uma nova pausa, mas, temendo que pudessem ler seus pensamentos, acrescentou:

— Estou só respondendo à sua pergunta.

— Quer que eu acredite que você veio até este ponto para ver aves? – indagou-lhe, zombeteiro, o homem.

— Não quero nada, senhor. Respondi à sua pergunta, só isso...

— Então responde direito! – disse o da voz gutural com nervosismo.

Aurélio tentou fazer um exposição mais detalhada de sua jornada e, assim que terminou, os homens voltaram a se entreolhar com estranheza. Eles sabiam, com precisão, de tudo o que havia na mochila e sentiam que, apesar de implausível, Aurélio parecia estar dizendo a verdade. Suas feições traduziam o desconforto daqueles que esperam que a verdade seja apenas uma confirmação de suas próprias pressuposições.

Então eles se afastaram subitamente, dizendo:

— É melhor falar com a chefe – avisou o da voz gutural, assim que saíram da tenda.

O dia passou sem surpresas. Ao cair da noite, trouxeram-lhe, mais uma vez, o caldo de legumes com um pão. Seu medo abrandara. Não sabia se intuía confiança naqueles homens ou se não se importava em morrer no meio da mata. A solidão e o silêncio tornavam mais agudas suas percepções, e a proximidade com as harpias causava-lhe uma distinta excitação no espírito.

5

Na noite anterior, o sono viera tarde, e já passava das nove quando Aurélio acordou tentando lembrar-se de um sonho. Faminto, comeu todo o pão e o queijo que lhe trouxeram e bebeu, com gosto, o café.

Generosos estes que aqui me detêm! Me detêm? Estou mais preso aqui do que na cidade? – refletia consigo mesmo.

Subitamente, deu-se conta de que seu sonho retratava tais inquietações. Quão complexas podiam ser as coisas. E quão simples. No fundo, o distanciamento das paixões e desejos pode revelar-se uma prisão. Quantas vezes, na rotina mecânica de seu trabalho, não desejou abandonar a cidade. Estar preso, ali, em meio às aves, já era uma forma de liberdade. Andejava por entre seus pensamentos quando foi interrompido por uma voz feminina:

— Quer ver as harpias?

Aurélio levou algum tempo para responder:

— Sim quero, mas agora? – balbuciou sem esconder o susto com a silenciosa chegada daquela mulher.

Ela usava a mesma jaqueta, camisa e calças de sarja camufladas que pareciam ser a moda por ali. Mas suas calças eram mais justas, ele notou, e ficavam para dentro da bota preta de cano alto. Ao redor do pescoço, como a dividir inexoravelmente dois territórios inconciliáveis, o lenço de seda lilás era um prelúdio à beleza de sua face. Era impossível não se encantar pelo contraste entre o tom intensamente negro de seus cabelos e os olhos cor de mel, ligeiramente amendoados, que continham uma expressão doce e, ao mesmo tempo, penetrante.

Aurélio não percebeu qualquer sinal de maquiagem sobre a pele rosada ou sobre os lábios naturalmente avermelhados. Chamou-lhe a atenção, contudo, o anel de ouro que usava no dedo médio da mão esquerda. Chegou a pensar que toda sua vaidade concentrava-se ali. Uma enorme cabeça de águia com penugem trabalhada em alto relevo e olhos de esmeralda.

Assim que começaram a conversar, a mulher prendeu um rádio amador à cintura, e Aurélio percebeu que ela estava armada.

— Mas quem é você? – ele perguntou.

— Vejo que gosta mais de fazer perguntas do que dar respostas, não é mesmo, Aurélio?

A menção a seu nome afastou imediatamente qualquer fantasia que pudesse nutrir sobre a identidade daquela mulher. Ela era um deles.

— Vamos! – disse ela, desatando suas correntes. – As harpias não vão nos esperar a manhã inteira.

No início do percurso, Aurélio caminhava seguido pela mulher e o homem da voz gutural, mas assim que chegaram à trilha, percebeu que o homem ficara para trás.

— Vá seguindo sempre em frente nesta trilha – disse a mulher. – Vai ter uma subida íngreme, mas acho que não haverá nenhuma dificuldade.

Quando a mulher tomou posição à sua frente, Aurélio pôde perceber as pernas torneadas que compunham a estrutura longilínea de seu corpo. Seus cabelos se moviam ao compasso rítmico da marcha, e apenas sua voz parecia destoar daquela harmonia. Era metálica, cortante, e seus timbres marciais poderiam inibir os interlocutores mais expansivos. Aos ouvidos de Aurélio, habituados a distinguir os cantos dos pássaros, permaneceria por muito tempo uma dúvida: seria aquele um sinal de prepotência ou de alguém que apenas tenta esconder o medo?

— Então, você gosta de pássaros? É fotógrafo ou biólogo? – perguntou ela.

Aurélio sentiu o rosto corar, como costumava ocorrer quando lhe faziam tais perguntas.

— Não sou nada disso não senhora – disse envergonhado.

A mulher emitiu uma interjeição incompreensível e acrescentou:

— Qual é o seu negócio, afinal? E não precisa me chamar de senhora. Meu nome é Sabina.

Ainda desconcertado, Aurélio disse:

— Sou só alguém que caminha e que gosta de observar pássaros.

— Um trilheiro ou peregrino, então, imagino.

— Não sei se sou exatamente isso, não, sen... – ia quase dizendo. — Apenas caminho.

Sabina ficou em silêncio, olhando-o com curiosidade, e, sob a luz da manhã, seus olhos ganhavam matizes fascinantes, em que o mel parecia salpicar-se de verde.

— Não sou nenhum desportista, não, nem peregrino... só um cara que caminha sem prévios caminhos.

— Isso pode ser perigoso, não é mesmo? – ela disse num tom irônico.

— Ou não – retorquiu ele. — Veja só que maravilha poder estar aqui no meio da floresta...

Aurélio interrompeu a frase e não ousou completar seus pensamentos.

Sabina fez novo silêncio. Alguns minutos depois, mudando completamente de assunto, disse:

— Siga pela esquerda, a subida vai ser mais puxada aqui.

Durante algum tempo, tudo o que se podia ouvir era o ruído dos passos sobre as pedras e a oscilante respiração. O silêncio só foi quebrado pelo suspiro de Aurélio ao chegarem ao ponto mais alto da montanha.

— Ah, que beleza!

— Demais, não é mesmo? Não me canso deste lugar! – disse Sabina.

O declive que se iniciava no topo da montanha era preenchido pelas copas das árvores da floresta, estendendo--se aos limites visíveis do horizonte, e não seria metafórico pensar num oceano verde de águas plácidas. Não fossem algumas clareiras, que como bandeirinhas vermelhas alertavam o observador incauto, o êxtase de esmeralda poderia levar a um irrefletido e derradeiro salto.

— Você vem sempre aqui?

— Queria vir mais, mas não posso me queixar – respondeu Sabina, esboçando seu primeiro sorriso.

— Vamos ficar deste lado – ela avisou, direcionando Aurélio para junto de uma imensa rocha furada de formato tão simétrico que dava a impressão de ter sido construída por mãos humanas.

— Aqui vamos ficar protegidos – disse.

— Onde estão elas?

— Logo vai ver... espero.

Quase trinta minutos se passaram, e Aurélio parecia não pensar em nada, a não ser na proximidade perturbadora daquela mulher.

A abrasada meditação só foi interrompida por um silvo potente vindo da floresta. Sabina indicou-lhe, alguns metros abaixo, a gigantesca ave de rapina.

A plumagem de matizes cinza, branco e chumbo numa envergadura de mais de dois metros causariam surpresa e excitação a qualquer ser humano. Tratando-se, porém, de

Aurélio, que há tanto tempo as admirava, era compreensível que se colocasse em estado de êxtase. Assim, como se quisesse fotografá-la com os olhos, ele acompanhou cada movimento até que a harpia concluísse o seu pouso. Ancorada num galho de jacarandá, a ave deixava entrever as enormes garras e o belíssimo penacho branco que lhe cobria a cabeça como uma coroa.

Outro silvo, idêntico, porém menos potente, foi ouvido logo em seguida. Em fração de segundos, outra harpia alçou voo em direção à primeira. Era um pouco menor, e seu voo não tinha a mesma elegância, mas Aurélio acompanhou-a com a mesma atenção.

— É um filhote! – sussurrou ele. — Está sendo instruído pela mãe... Que incrível!

— Você conhece mesmo essas aves, não é mesmo? – disse Sabina com admiração.

Aurélio cerrou os lábios e, apertando-os ligeiramente para trás, encarou-a com um doce olhar de mistério. Ficaram ali a contemplar o voo circular das harpias sobre a floresta, até que desapareceram completamente por entre as árvores.

— Os macacos que se cuidem! – disse ele em tom de brincadeira.

— Não adianta, já estão liquidados! O voo de assalto das harpias é infalível – retrucou Sabina de modo assertivo. Gostaria muito de ver esta parte – concluiu ela.

Aurélio ficou a observá-la, com surpresa.

— Fico feliz em encontrar um admirador dessas predadoras – disse Sabina. — Para mim, elas são um verdadeiro símbolo de poder. Um modelo que nós deveríamos seguir, sabe?

Aurélio continuava a observá-la em silêncio. Estava fascinado, mas, ao mesmo tempo, suas palavras lhe causavam incômodo.

— Meu pai era caçador, sabe, desses para quem caçar não é apenas um hobby, mas identidade – disse Sabina, olhando para o chão.

— Tenho alguns parentes caçadores – afirmou Aurélio.

Sabina pareceu não dar muita importância e prosseguiu, dizendo:

— Se ele tinha uma virtude, talvez fosse esta: homem de uma só face. Mostrava aos animais a mesma violência que reservava para todos. A casa estava sempre cheia de todas aquelas caças que trazia para minha mãe preparar. E ela, tão frágil... uma presa fácil de seus mandos e caprichos.

Aurélio percebeu uma súbita mudança na expressão de Sabina. Ela contou-lhe, então, que, mais de uma vez, tinha ouvido o pai falar com certo temor sobre as harpias. A única vez em que o vira despido de sua arrogância foi o dia em que chegou ensanguentado e com as roupas rasgadas. Mais tarde, a mãe lhe contaria, em tom de segredo, que o pai fora atacado por harpias. Passavam por um lugar íngreme, em que as aves faziam ninho. Ele e um outro caçador foram lançados morro abaixo.

Aurélio acompanhou com curiosidade a história. Depois, tentando quebrar o silêncio disse:

— São aves magníficas, mas têm de ser respeitadas. Esse lugar é perfeito para observá-las. Obrigado por me trazer aqui!

— Você é um cara diferente, não é mesmo? – disse Sabina. — Feliz como uma criança por ver harpias, mesmo preso na mata sem saber o que o espera.

— Mas quem sabe o que nos espera? – indagou Aurélio com um sorriso. — Na vida, como num voo, a precária segurança deve instigar as asas da liberdade.

Mal terminara de completar a frase, percebeu um nova mudança de tom nos olhos de Sabina. Adquiriam cor azulada e tornavam-se penetrantes como os de uma harpia. Ganhavam, porém, ao mesmo tempo, enigmática expressão de doçura.

Aurélio, que já havia recobrado a fluidez dos pensamentos, pouco pôde refletir. Como um rápido bater de asas, percebeu o rosto de Sabina junto ao seu. Logo, sentiu, também, o calor no encontro das faces, dos lábios a se roçarem e a se molharem. Viram-se, subitamente, enlaçados num mundo natural e estranho, unidade efêmera de infinito delírio. Os sons da floresta não ouviam, as cores da manhã não percebiam. Eram fome que outra fome alimenta, sentidos que ciclicamente se penetram.

6

O presídio da capital tornara-se novamente um inferno. Todos os dias, dezenas de homens e mulheres eram conduzidos às abarrotadas celas e submetidos a cruéis interrogatórios. Presos muitas vezes por suspeita, e sem nenhum direito à defesa, alguns sequer sabiam por que ali estavam ou o que vinha a ser uma guerrilha.

Com a declaração do "estado de sítio", somente as leis da física pareciam impor algum limite ao poder da força. Mas a obsessão do Coronel Torres, tal como Xerxes, na Pérsia antiga, até mesmo a elas parecia desafiar.

O toque de recolher esvaziara as ruas, enchendo-as de medo e de silêncio. Era raro ver pessoas em grupos conversando, e os velhos não mais jogavam dama nas praças. Nos bares, mediam-se as palavras; nas praias, os indumentos, e, para muitos, o exílio se apresentava como única saída.

As quatro senhoras que conversavam num café da zona sul pareciam ser uma animada exceção. O chá da tarde era uma tradição que, há décadas, elas mantinham sem que nunca tivessem encontrado razões para interrompê-la.

— A sociedade está tão estranha não é mesmo? – disse a senhora de coque e grandes óculos de aros azuis.

— É verdade, um horror! – disse, abaixando a voz, a senhora loira que se sentava na cabeceira da mesa tendo a seu lado um poodle.

— Vejam só que situação meu neto teve de passar. Foi visitar a namorada e terminou se esquecendo das horas. Quando voltou para casa, quase foi preso pela patrulha. Teve de se esconder num lote vago por mais de uma hora!

— Que horror, não é mesmo? – interveio a loira da cabeceira, acenando para seu cãozinho que começava a latir.

— E como as pessoas estão estranhas, né? – disse outra, que tinha exuberantes brincos de pérola. — Outro dia, fui pedir informação na praça e as pessoas pareciam com medo de falar.

— Que coisa! – disse a senhora do cãozinho.

— Parece que tem gente desaparecendo – afirmou a mais magra, ostentando um espalhafatoso vestido rosa.

— É mesmo? – indagou a dona do cãozinho.

— Sim é verdade! – disse, abaixando mais ainda o tom da voz. A empregada da minha vizinha não vai trabalhar já faz dias... – e, fazendo uma pausa para olhar ao redor, acrescentou:

— Parece que foi presa.

— Que horror, mas por quê? – indagou a da cabeceira, abaixando-se para pegar o poodle que não parava de latir.

— Alguma coisa ela deve ter feito! – disse com uma interjeição a senhora do brinco de pérolas.

— Não sei não – continuou ela. — Dizem que tem muita gente sendo presa por nada.

— Será? – questionou inconformada a dos brincos de pérola. — Acredito muito nos velhos ditados: onde tem fumaça tem fogo.

— Eu também concordo com você. Mas estou rezando para que encontrem logo esses criminosos, nossa vida precisa voltar ao normal.

— Meu marido diz que as coisas nunca estiveram normais por aqui – disse a de vestido, sorrindo.

— Não sei, acho que está diferente agora.

— Claro, a gente aqui falando baixinho e nem podendo organizar nossas festas.

— Um horror mesmo, gente! – disse a senhora loira, acariciando seu cãozinho. — Também estou rezando muito pra isso terminar logo.

7

Por sorte, agora virá a descida, pensou Aurélio assim que iniciaram o caminho de volta sob um sol cuja intensidade revelava já passar do meio-dia. Ele já não tinha a mesma pressa e o silêncio prenunciava um enigma.

— Você não tem ideia de quem somos não é mesmo? – disse Sabina depois de longo tempo.

— Não... tenho tentado imaginar desde o começo, mas confesso que não sei.

— Somos ML! – respondeu sem esconder o orgulho.

Diante do olhar perdido de Aurélio, completou:

— Somos guerrilheiros do Movimento de Libertação! Lutamos contra Quirino.

— O presidente Quirino? – indagou Aurélio.

— Ah, não profane desse jeito a função presidencial! Quirino não passa de um reles ditador! – o timbre metálico voltou a se destacar em sua voz. — Você não percebe o caminho triste que este país vem tomando? – indagou ela.

Aurélio corou, desviando o olhar. Constrangia-lhe revelar seu desinteresse pela política para alguém que parecia dedicar sua vida a ela.

— Sim – ele disse de forma lacônica.

— Como seria bom se todos pudessem perceber a lição das aves – afirmou ela. — São uma inspiração nesta batalha. Ver mais longe, erguer-se mais alto, colher o inimigo de surpresa.

Aurélio nada respondeu. As palavras de Sabina voltavam a incomodá-lo, mas a chama em seu peito impedia-o de ver que também as asas podiam ter diferentes formas.

Antes de chegarem ao acampamento, Aurélio tentou aproximar-se, mas Sabina pareceu se esquivar. Julgando que o lugar não fosse mesmo adequado, em voz baixa, ele disse que precisava voltar para casa.

Sem alterar a fisionomia, ela respondeu:

— Infelizmente, não tem jeito. Temos uma regra que obriga a prender quem descobre o nosso paradeiro. É uma questão de segurança, entende?

Aurélio acenou positivamente com a cabeça, mas no fundo não compreendia. Como abarcar a diversidade da vida na abstração de uma norma?

A tenda pareceu-lhe menor. Já não continha a profusão de sentimentos que passaram a habitá-lo. Chegou a pensar que devia estar sonhando, um sonho delicioso e doce, com matizes de pesadelo. Quando finalmente conheceu as harpias, era só em Sabina que conseguia pensar.

Dias se passaram. Certa noite, ao apalpar a jaqueta antes de vesti-la, percebeu um objeto estreito e rígido num dos bolsos. Ao abri-lo, deparou-se com uma afiada serra pouco maior que um dedo. As regras podiam encontrar exceções!

Tal como um filhote antes do primeiro voo, Aurélio ficou por muito tempo a ensaiar os movimentos e medir-lhes as consequências. Espero que ninguém esteja preocupado demais, pegava-se vez por outra a pensar. Por outro lado, se estar no meio da floresta já vinha sendo agradável, após o encontro com Sabina, passou a ser um inusitado prazer. Chegou à conclusão de que se conseguisse fugir para depois retornar, daria a Sabina uma prova irrefutável de amor e ao grupo deixaria clara a sua lealdade.

Passou a traçar seu plano de fuga, bem como a estratégia para o retorno. Aproveitava as curtas caminhadas ao sol que lhe permitiam fazer todos os dias para estudar a melhor rota. A ideia do fracasso apavorava-o, não tanto por medo de seguir prisioneiro na mata, mas por imaginar a repercussão negativa que teria com Sabina. Mais de uma semana se passara até que resolvesse partir.

8

No intervalo entre a refeição matinal e o almoço, com um misto de excitação e de medo, Aurélio iniciou sua fuga. Caminhou quase duas horas até reencontrar a trilha que fizera na subida. A partir dali, tudo seria mais fácil – pensou, apertando o passo, temendo que sua ausência logo fosse sentida.

Caminhava pouco atento aos sons da mata, mas, em dado instante, percebeu movimentos bruscos em meio à vegetação. Teriam me seguido? – indagou-se temeroso. Notou que os sons vinham em sentido contrário e tornavam-se mais audíveis a cada passo. Buscou abrigo em meio a vegetação e, imóvel, em completo silêncio, ficou a observar.

Logo, ouviu vozes, falando num tom propositalmente baixo em entrecortadas palavras. Pelos movimentos percebeu tratar-se de um grupo muito numeroso. De repente, a visão de capacetes verdes fizeram-no compreender do que se tratava. Eram forças do Exército, vieram à procura de Sabina!

No percurso de subida em direção ao acampamento, Aurélio era todo instintos. Aos saltos, e sem refletir, ia traçando na mata seu caminho. Tenho que chegar a tempo de avisá-los! – era só o que conseguia pensar.

Foi nesse ritmo frenético que Aurélio adentrou esbaforido o acampamento de onde há pouco fugira. Ao cruzar com dois dos guerrilheiros, notou o susto branquear suas faces. Não haviam se dado conta da fuga.

— Onde está Sabina? Onde está Sabina? – gritou Aurélio.

— Alto lá, rapaz! – ouviu a voz gutural lhe dizer. — Quieto aí! – bradou-lhe o sujeito, erguendo uma arma.

— Vocês têm de fugir rápido! – avisou, aflito. — Onde está Sabina?

Um estampido de tiro fez-se ouvir. Mas o homem da voz gutural tivera apenas a intenção de adverti-lo. Forçado a interromper a nervosa fala, notou duas armas apontadas em sua direção. Outros homens iniciavam um cerco. Aurélio colocou as mãos sobre a cabeça e abaixou-se em sinal de rendição.

— Precisam fugir, o Exército está chegando! – repetia, angustiado.

— Este rapaz sempre me pareceu meio lunático. Que diabos ele está dizendo? – resmungou o homem da voz gutural.

Antes que Aurélio pudesse responder, disparos de fuzis foram ouvidos por todos e, de um alto-falante, ordens foram proferidas:

— Rendam-se, vocês estão cercados! Larguem suas armas e se entreguem imediatamente! – eram palavras que ressoavam com estridência por todos as partes. — Aqui é coronel Torres falando.

— Render-nos? Nunca! – vociferou o homem da voz gutural erguendo sua pistola e caminhando em direção ao lugar de onde vieram os tiros.

— Ataquem estes canalhas! – gritou ele, disparando várias vezes a pistola.

Da posição em que estava, Aurélio pôde perceber a sequência de tiros, mas não a queda brusca daquele homem. Procurou arrastar-se para perto da figueira. A troca de tiros tornou-se mais intensa. Pelos gritos, todavia, percebeu que alguns guerrilheiros tinham sido alvejados.

O cerco tornava-se cada vez mais nítido, e os militares avançavam em suas posições.

— Rendam-se ou serão massacrados! – repetia o coronel pelo alto-falante.

Passados alguns instantes, outros guerrilheiros foram atingidos. Parecia loucura que pudessem seguir lutando. Os militares eram muito mais numerosos e haviam chegado de surpresa.

Com o avanço das tropas por entre o acampamento, seguiram-se os sinais da rendição. Armas lançadas ao chão, os guerrilheiros se abaixavam tendo as mãos sobre as cabeças. Era o fim.

9

Sentados em fileiras e com as mãos atadas, os guerrilheiros traziam no semblante a perda de qualquer esperança.

Dois olhos, porém, como uma águia, tudo vasculhavam à procura de Sabina. — Teria ela sido morta? – indagava-se Aurélio.

— Quem é o comandante por aqui? – perguntou o coronel ao grupo. Diante do silêncio geral, Aurélio sentiu um frio percorrer-lhe a espinha. A pergunta foi repetida sem que houvesse resposta. — Era inaceitável que a entregassem assim! – pensou aturdido.

— O comandante foi quem deu o primeiro tiro – disse Aurélio sem pestanejar. – Percebeu alguns guerrilheiros olharem-no surpresos e viu que os militares duvidaram da resposta. Com linguagem gestual, o coronel ordenou que vasculhassem as redondezas.

Nas horas seguintes, os corpos dos guerrilheiros mortos começaram a ser trazidos, e Aurélio sentiu a angústia crescer dentro de si. Teve de se conter para não correr até eles e tentar identificá-los. E foi com alívio que ouviu de um dos soldados: — Comandante, temos aqui seis homens mortos. Mas, como era frequente usarem apenas o masculino, não se deu por satisfeito.

Mais tarde, quando se enfileiravam para iniciar a descida escoltados pelos soldados, Aurélio pôde ouvir aquele silvo familiar e inconfundível. Seu timbre, porém, soava agora inesperado, revestido com os tons da alegria. É claro – pensou ele – ela tinha ido ver as harpias! Contendo o sorriso que irrompia em sua face, Aurélio olhou para o alto, e sentiu como se pudesse avistar Sabina no silvo daquelas grandes aves.

Instado por um dos soldados, seguiu adiante, prisioneiro junto aos que o mantinham cativo.

10

Os primeiros dias na prisão foram os mais cruéis e difíceis. Tormentos reais e imaginários conjugavam-se com o frio metálico da cela e as noites pareciam intermináveis. Se no cárcere da selva confortava-o a proximidade com a natureza, naquela gigantesca gaiola humana parecia não haver nenhum alento.

— Para sobreviver aqui é preciso descobrir a viagem vertical! – disse-lhe, certo dia, o senhor taciturno com quem dividia a cela. Afora os cumprimentos formais do dia a dia, aquela fora a primeira vez que o ouvira falar. Suspeitava de que fosse doente, mas diante de tal assertiva não sabia se era louco ou filósofo.

— Viagem vertical? O que é isso? – indagou Aurélio, afastando as mãos das grades da cela.

— Não sei se poderia defini-la – respondeu o velho em voz baixa – pois acho que a noção se perderia. Mas é um caminho possível, meu caro.

— Não entendo! Para mim não há viagem possível num lugar como este. Tudo aqui é tão opressor, silencioso e triste – retrucou Aurélio.

— O silêncio também pode ser vida e, mesmo num pântano de opressão como este, a alegria ainda pode florir.

Aurélio se aborrecia com aqueles sinais de otimismo, que lhe pareciam senis. Ouvira dizer que o velho estava preso há tanto tempo que já não era capaz de se lembrar de sua vida pregressa, não sabendo, sequer, há quanto tempo estava ali. Ninguém conhecia ao certo o motivo de sua condenação, mas, afinal, que motivos precisam existir? Por que, ele mesmo, estava preso?

Segundo alguns, o velho fora um influente líder que incomodara governantes no passado. Outros, porém, diziam que enlouquecera e fora recolhido das ruas por perturbação da ordem. Assim como Aurélio, era um homem de poucas palavras, embora vivesse no meio delas. Passava quase todo o tempo lendo inúmeros, incontáveis livros que ocupavam boa parte da cela.

II

Era início do outono quando a atmosfera na prisão pareceu amenizar. Já não chegavam novos detentos todos os dias, e os terríveis interrogatórios haviam sido suspensos. Alguns diziam que o estado de sítio fora revogado; outros, que Quirino perdera o controle das ações.

Foi nessa época que Aurélio passou a se colocar, com frequência, junto à janela, ali permanecendo por longas horas. De lá, avistava-se o pátio central, um largo espaço retangular coberto de concreto e cercado por uma muralha. Mas Aurélio não acompanhava as partidas de futebol dos presos, era o céu que ele mirava, buscando as aves encontrar.

— Quem são esses anjos com quem conversa? – perguntou-lhe, certa vez, o velho.

Postado à janela, Aurélio não mudou a direção dos olhos:

— Atobás, fragatas e gaivotas, devemos estar perto do mar.

— Ah! — exclamou o velho. — Pelo visto agora começamos a viagem! Que maravilha, já me sinto um marujo neste navio.

Em outros momentos, Aurélio poderia interpretar a frase como um veredito de senilidade, mas, então, foi tomado por outros pensamentos. Será que ele é também um admirador das aves? Desde o início falou dessa tal viagem vertical. Como não percebi?

Enquanto pensava, olhou para o velho e sorriu.

— São, de fato, anjos não é mesmo? – retornou-lhe Aurélio.

— Certamente, sobretudo se observadas com este olhar – respondeu o velho numa voz vibrante.

— Eu as observo a minha vida toda. Mas acho que não têm me trazido muita sorte.

— Por que não? – indagou o velho.

— Não sei... – disse Aurélio. — Tenho enfrentando tantos percalços, tantas... – interrompeu a frase melancólico, mas continuou – ... tantas prisões.

Sem perder o entusiasmo, o velho disse:

— Pelo que vejo, elas também estão te libertando deste lugar.

Aurélio ficou a meditar sobre aquelas palavras. Talvez o velho fosse mesmo um sábio, mas certamente não diria o mesmo se conhecesse o teor da carta que havia recebido da família há alguns dias. Uma manifestação formal de carinho, porém, nas entrelinhas daquele amor de convenções, lia-se, sem dificuldades, sua irrecorrível sentença. Estava preso porque merecia, merecera a vida inteira. Recusara-se a viver como eles e os padrões do mundo em que viviam. A vida entre as grades lhe era um justo destino.

Todavia, a ironia de seu destino não o incomodava. Incômodo era saber que estava inapelavelmente condenado. Condenado não apenas por um Estado vil, mas, também, por sua família. Condenado por ter desprezado as porções de alpiste com as quais queriam atraí-lo à gaiola. Seu crime fora a sua eterna, ignominiosa e infame fascinação pelas asas.

O velho o olhava e, como se pudesse ler sua alma, por um instante infinito pôde sentir sua dor.

— Fale-me um pouco sobre as aves – pediu-lhe com entusiasmo, acomodando-se como uma criança que espera escutar uma fabulosa história.

E a história veio, longa, crua, cheia do encanto e da força das grandes histórias de amor. Aurélio sentiu como se o velho o acompanhasse por todo o percurso. Seu olhar, por vezes, meditativo, outras, alegre, às vezes, triste e enlevado, era como um lago a refletir suas palavras.

Permaneceram assim por longo tempo. Quando Aurélio terminou, o velho disse:

— Que bela história! Da próxima vez que eu olhar por aquela janela, já não verei o mesmo cenário.

E com uma voz terna acrescentou:

— Obrigado por me fazer mais livre!

Aurélio ficou em silêncio, mas no peito sua alma vibrava. Sentiu que, pela primeira vez, alguém o tinha verdadeiramente escutado.

12

Meses se passaram, mas a Aurélio o tempo parecia haver congelado diante da janela, cujas grades não o impediam de voar com os pássaros ou banhar-se nas nuvens. Sentia-se novamente vivo, e era lúdica essa liberdade.

No presídio, espalhava-se o boato de que o ML preparava um grande ataque para resgatar os presos políticos. Aurélio inundou-se de entusiasmo e ficou a imaginar o momento em que Sabina viria libertá-lo. Comentou com o velho sobre as novidades, mas este seguia imperturbável.

Com o passar das semanas, contudo, os rumores se dissiparam, e o fraquejar da esperança enuviou seu peito.

Certo dia, percebendo a desolação tomar conta do companheiro, o velho se aproximou:

— Meu jovem, sei que esta janela é mesmo extraordinária, mas saiba que há outras viagens possíveis, por meio de outras asas.

Aurélio olhou-o desconsolado e balbuciou:

— Que asas são essas?

O velho pegou um dos livros perto da cama, abriu-o ao meio, virou-o como se quisesse ler sua capa e o manteve aberto por alguns instantes à altura do peito. Visto sob aquele ângulo, a imagem do livro se aproximava da iconografia das asas. Aurélio olhou-o e disse:

— Mas eles não saem do chão!

— Eles, não, meu jovem, mas nós, sim! Livros podem ser asas poderosas para a viagem vertical.

Aurélio deu de ombros.

— Não consigo entender como.

— Pense num livro de que tenha gostado muito, meu caro.

— Na verdade, li muito pouco em minha vida – respondeu Aurélio, depois de meditar alguns instantes. – Lá em casa, meu pai sempre criticou a literatura e, na escola, o professor parecia não saber como apreciá-la.

— Vejo que fizeram tudo certo para desviá-lo – disse o velho sorrindo – mas não houve nenhum de que tenha gostado?

Aurélio parecia desapontado:

— Só me lembro daqueles sobre aves.

— Se eu lhe sugerisse um, você leria?

Franzindo a testa ao erguer as sobrancelhas, Aurélio disse:

— Bem, posso tentar, mas não prometo terminar se não gostar.

— Mas é claro, eu não pediria isso.

O velho voltou-se para uma das pilhas de livros que mantinha na cela e dela retirou um exemplar.

— Este é um livro de contos, pequenas histórias escritas por um autor africano. Quero que leia apenas uma delas.

Acho que vai gostar.

Dizendo isso, o velho lhe estendeu o livro já aberto.

Aurélio olhou com atenção para a capa e voltou-se para o conto, cujo título achou fascinante. Não apenas se referia aos pássaros, mas os colocava em relação com aquela misteriosa árvore que ele tão bem conhecia.

Certa vez, numa viagem, um embondeiro lhe servira de abrigo nas horas mais quentes daquele verão. Ficara tão fascinando com a beleza da árvore, gigantesca, harmônica e delicada, que resolveu tirar-lhe uma foto. Pôde, assim, guardar viva sua lembrança, apesar de nunca mais ter visto nenhuma outra.

Enquanto Aurélio lia *O embondeiro que sonhava pássaros*, o velho percebeu em suas faces um encanto similar ao que demonstrava ao pôr-se diante da janela.

Que bela história! – disse Aurélio para si mesmo. Eu poderia ser esse menino...

Percebeu que o velho o observava, mas não lhe disse palavra. Olhou-o de volta e ficaram assim, por longo tempo, em interativo silêncio. Sabiam que as palavras não seriam bem-vindas naquele instante. Os eflúvios emanados do texto, como as aves, careciam de um tempo para assentar pouso.

— Caramba, eu devia ter conhecido isso antes! – afirmou Aurélio quebrando o silêncio.

O velho sorriu.

— Não é que estes pequenos objetos são também alados?

— E que asas! – respondeu-lhe Aurélio com entusiasmo. — É estranho, sabe, mas essa sensação de sair fora do tempo era algo que eu sempre curtia nas caminhadas.

O velho mais uma vez sorriu.

— Tem muitos outros textos assim? – perguntou Aurélio.

— Tantos quanto as aves no céu! Mas estão sempre em estado de pouso, dependem de nós para abrir-lhes as asas.

— Mostre-me depressa então! – pediu Aurélio.

— Vou mostrar, com muito prazer e gosto, mas sem pressa, meu jovem, – o velho fez uma pausa – o que você disse certa vez sobre a serenidade das caminhadas, vale também para o mundo dos livros.

Aurélio manteve silêncio, mas parecia um pouco desapontado.

— Fique tranquilo, pois serei seu guia. Não sei se sabe, mas isso foi algo a que me dediquei toda a vida.

— Não, não sabia, tinha ouvido dizer que foi um grande líder.

O velho deu uma risada e disse:

— Líder? Nunca liderei ninguém além de alunos que visitavam a biblioteca. É curioso como as pessoas só julgam por suas próprias medidas.

— Como assim? – indagou Aurélio.

— Por favor, não me entenda mal, mas muitos dos que hoje clamam pela revolução só conseguem enxergar pela mesma dinâmica embrutecedora do jogo de poder. Assim, por ter desafiado governos, devo ter sido um grande líder ou algo semelhante – explicou o velho com ironia.

Aurélio ficou pensativo. Mas por que você foi preso? – questionava-se, em silêncio.

— Meu caro, Aurélio, estou neste lugar há tanto tempo quanto você está na Terra, e pode parecer inacreditável que os motivos sejam tão simples, mas fui condenado apenas por defender os livros... Este país já vivia tempos difíceis bem antes de Quirino.

O velho recordou-se, então, daqueles tempos desafiadores e turbulentos. No governo de Solano, iniciaram-se os atos de censura que culminaram no famigerado Índex de obras proibidas.

— Mas você não foi libertado quando Quirino derrubou o governo de Solano? – indagou Aurélio.

— Eu seria liberado junto com os outros presos políticos, mas no fim mudaram de ideia... Quando iam me colocar em liberdade, exigiram votos de adesão ao novo governo. Com toda sinceridade, eu disse que não me opunha a eles, mas jamais iria concordar com restrições à arte e à imaginação.

— E, por isso, não o soltaram? – quis saber, Aurélio, perplexo.

— Mandaram que eu ficasse encarcerado até segunda ordem, mas esta não veio até hoje – disse o velho com jocoso sorriso.

— Viraram outra ditadura... – disse Aurélio com desalento.

— Claro! Quirino revogou o Índex, mas logo proibiu a leitura de outras obras. A literatura e a imaginação são inimigas do poder.

13

Os dias transcorriam iluminados e, sob a luz acolhedora do outono, Aurélio consumia seu tempo entre a leitura e a observação das aves pela janela.

Por vezes, lamentava não ter descoberto antes o mundo dos livros e chegou a conjecturar como teria sido sua vida com eles. Suas irmãs, é verdade, com frequência portavam livros, mas nunca lhe pareceram ter aquela estranha proximidade que respeita as distâncias e transcende a posse. Para elas, livros eram como bilhetes de trem, meios para conduzir a destinos preestabelecidos.

Aurélio, aos poucos, descobria que os livros são plenos de agora, viagens sem porto de chegada, convites a perder-se na ventura dos caminhos. O percurso nem sempre era fácil. Chegou a dizer que desistiria para sempre da literatura russa, mas o velho observou:

— Imagine se tivesse desistido das trilhas que no início

de suas caminhadas não tinha condições de fazer. Quanto teria deixado de ver e ouvir. Se o livro lhe parece difícil, não insista. Mas não desista, num outro momento, o mesmo caminho pode lhe proporcionar prazer.

Outonos passaram e Aurélio nunca se acostumava ao frio dos invernos. Numa daquelas noites, antes de dormir, o velho despediu-se com inusitado gesto. Sentado na cama, tendo a mão à altura do rosto, fez um suave aceno de adeus. Fora um gesto de poucos segundos, mas a expressão de seus olhos parecia imprimir-lhe o selo da eternidade. Ao retribuir com um sorriso, Aurélio sentiu-se, estranhamente, contemplando do futuro aquela imagem, e foi tomado por uma doce saudade.

Na manhã seguinte, ao saltar da cama, notou que o velho não acordara cedo como de costume. Resolveu deixá-lo dormir. Porém, pouco antes do desjejum, o chamado de Aurélio não encontrou resposta e um triste pressentimento parecia reverberar enquanto tentava acordar o companheiro. Virou-o no leito. Sua face serena estava um pouco mais pálida e, por suas pálpebras e lábios, percebia-se que, tranquilamente, dormia, mas suas narinas já não careciam dos ares do mundo. O amigo finalmente se libertara.

Dissipando a luz em meio às tardes, um novo inverno começava, e por várias semanas as aves não cantariam.

14

Vestida com tal esmero e tanta abundância de laquê sobre os cabelos, poucos creriam que aquela senhora apenas caminhava com seu cãozinho. Naquela sexta-feira, a elegante mulher encontrou a praça da República tão vazia que resolveu soltar o poodle da coleira, deixando-o transitar livremente por entre os canteiros ornamentados com as cores da primavera.

A mais antiga praça da cidade era um lugar idílico em meio à agitação da capital. Seu amplo gramado, entrecortado por fontes e lagos, era cobiçado por caminhantes e corredores que usufruíam de suas pistas arborizadas. Também fotógrafos, noivos e namorados costumavam disputar espaço por entre gardênias e orquídeas.

Mas, naquela manhã, não fosse a presença de uma patrulha militar e alguns praticantes de tai chi chuan, a praça poderia ser considerada um florido deserto.

O cãozinho já havia se distanciado, mas a senhora parecia não se importar. Estava tão distraída que sequer percebeu a multidão se avolumando como bola de neve pelas ruas e avenidas do bairro.

Quando se deu conta do burburinho, um rio de gente a separava de seu cão. Começou a chamar seu nome, mas sequer conseguia avistá-lo:

— Presidente! Presidente! – ela elevou a voz e gritava em desespero tentando abrir caminho por entre a multidão.

Naquele mesmo instante, como se quisesse responder aos seus gritos, a massa, que de tão compacta parecia formar um só corpo, começou a entoar gritos de guerra:

— Fora, Quirino, viva a revolução!

As suas vozes ecoavam pela praça.

Naquele momento, os seis militares que formavam a patrulha deram-se conta de que aquela não era mais uma simples manifestação. Um deles tentou acionar o rádio, enquanto os outros gesticulavam freneticamente como se quisessem impor alguma ordem. Temerosos, dois deles sacaram as pistolas, bradando para que a multidão se acalmasse.

— Presidente! Presidente! – seguia gritando a elegante senhora.

— O que quer, sua perua maluca? – ouviu uma voz da multidão a ela endereçar-se.

— Cala a boca perua! – gritou outra pessoa.

A expressão daqueles que a cercavam fez com que a mulher percebesse o risco de seguir chamando pelo cãozinho.

— Fora, Quirino! Viva a revolução! – gritou um homem de sobretudo. Ao ouvir a voz uníssona da massa repetindo suas palavras, retirou do casaco um fuzil e disparou várias vezes para o alto.

Naquele instante, os militares tentaram, mais uma vez, o contato pelo rádio. Algo estranho devia estar acontecendo, pois a central não lhes dava retorno. Aqueles que tinham sacado as pistolas se encontravam mais adiante e faziam posição de tiro.

— Parem, agora, e larguem suas armas! – gritou um deles à multidão, ante o olhar incrédulo dos colegas de farda. Para certificar-se de ser ouvido, gritou mais uma vez com vigor.

Por um instante, a multidão pareceu silenciar, e os militares respiraram com alívio. Todavia, um outro som, seco e mecânico, foi ouvido logo em seguida. Os ouvidos treinados perceberam que armas estavam sendo manipuladas, mas não para serem lançadas ao solo.

Novos disparos para o alto foram acompanhados por um brado contundente:

— Viva a revolução!

Os militares que se posicionavam na retaguarda sacaram, então, suas armas, mas se entreolhavam temerosos sabendo que não haveria reforços. Estavam a sós contra centenas de revoltosos. Um deles, que parecia ser o comandante, tentou passar uma ordem, mas estavam dispersos, e o som da multidão abafou sua voz que em vão repetia:

— Não atirem, não atirem!

Os disparos contra a multidão produziram um súbito silêncio. Era como se a massa se convertesse numa muralha, recebendo os tiros sem se mover. Depois, um grito de dor irrompeu daquele silêncio. Com a face banhada em lágrimas, e as mãos cobertas de sangue, uma jovem bradava por um nome.

Um alarido ensurdecedor tomou conta da praça, e quatro dos militares recuaram. Os dois que haviam disparado, contudo, como se estivessem num estande de tiros, seguiam segurando suas pistolas, enquanto a massa avançava em sua direção.

Quando as motos dos quatro militares partiram em retirada, o comandante olhou para trás, mas não lhe foi possível distinguir os dois colegas de farda. Viu, apenas, um tapete de sangue sobre o qual passavam homens e mulheres clamando pela revolução.

15

O soturno prédio horizontal de três andares que abrigava o presídio da capital não estava mergulhado no habitual silêncio e, junto ao imenso portão de ferro que dava para a rua, já não se avistavam sentinelas. Suas paredes acinzentadas pareciam vibrar ao som de gritos, assobios e rangidos de grades agitadas.

Quando os revolucionários finalmente chegaram para derrubar o imenso portão frontal, o gesto alcançaria muito maior impacto midiático que concreto. Ninguém imaginaria, porém, que, anos mais tarde, o portão seria reposto por uma mineradora que ali se instalaria, para fugir de protestos contra suas ações.

Desde o início da manhã, o movimento no presídio chamara a atenção de Aurélio, que estranhara a ausência de repressão dos carcereiros. Os gritos dos presos não eram contidos, as risadas não eram abafadas, e o gesto conjunto de sacudir as grades da prisão não encontrou naquele dia qualquer resistência.

Por entre as grades, Aurélio não tardaria a saber que a revolução estava em marcha. Contudo, quando a liberdade finalmente veio, ele não se interessou em contemplar-lhe a sedutora face, nem celebrar com os homens a vida nova. Apenas transitava, surda e cegamente, em meio à multidão, e a ninguém poderia reconhecer senão como não sendo Sabina.

Foi assim que vagou por horas a fio pelas ruas da capital, que pareciam ter-se tornado o único abrigo para seus habitantes. Apesar da tristeza pelo frustrado encontro, Aurélio lembrava-se do velho e nutria a esperança por dias melhores. Contudo, trazia certa desconfiança para com a euforia das ruas. Lembrava-se das celebrações de Ano-Novo, em que, tantas vezes, a mudança se limitava aos números no calendário.

Cansado de andar, terminou parando num bar onde finalmente conseguiu encontrar cadeiras vagas.

— Patrão, que tristeza é essa? – perguntou o garçom que se apresentou para atendê-lo.

Aurélio nada respondeu e lançou-lhe um olhar de indiferença.

— Olha, patrão, não sei o que ocê deseja, mas tenho uma sugestão: cê tá precisando é de uma boa dose pra afogar essa mágoa – disse observando a reação de Aurélio.

— Dose de quê? – perguntou Aurélio de modo tão direto que deixou o garçom desconcertado.

— Ué... se já não tivé preferência, posso dá minha sugestão.

Um minuto depois, o garçom voltava do fundo do comprido e escuro corredor que formava a parte coberta do bar. Visto pelo lado de fora, o estabelecimento parecia pequeno, mas, apesar de estreito, tinha grande profundidade. Um longo balcão de madeira era ladeado por uma fileira de mesas e de cadeiras que quase alcançava a rua dos fundos. O garçom caminhava com tal agilidade que em poucos segundos voltou à mesa da calçada onde Aurélio se encontrava.

— Aqui está – disse ele – essa é da boa. Aproveita, pois é a última garrafa.

Aurélio só havia bebido em duas ocasiões na vida, tendo experimentado cerveja e vinho. Aquela bebida, incolor como a água, tinha-lhe sido oferecida num churrasco da família, mas ele achara o cheiro demasiado forte. O jeito é não cheirar – pensou consigo mesmo, prendeu a respiração e deu um gole na cachaça.

— Bom demais, né não? – perguntou o garçom que atendia clientes na mesa vizinha. — Cê vai curá essa mágoa rapidinho, patrão! – completou, antes da resposta.

As ruas finalmente começavam a se acalmar quando o garçom, com a fisionomia nitidamente cansada, aproximou-se de Aurélio avisando que fechariam em dez minutos. Na garrafa, não restavam mais do que três dedos da cachaça e Aurélio, já bastante alterado, pediu para colocar o restante num copo plástico.

— Ah, e moço – acrescentou – olha aqui se vou ter dinheiro pra isso tudo... – disse com a espontaneidade que lhe era natural, e que o garçom julgava privilégio dos bêbados. Verificando o maço de notas que ele trazia num saquinho, o homem disse:

— Vai ficá faltando é minha gorjeta... mas tudo bem, hoje é dia de festa.

Aurélio ensaiou os primeiros passos, mas logo percebeu que não iria muito longe. Um banco de praça do outro lado da rua terminou sendo o seu refúgio. Ali se acomodou, sentindo-se tão confortável que terminou por se deitar e só despertou, horas depois, ao som de rojões.

— Meu Deus, onde estou? – indagou aturdido. Sua cabeça parecia explodir e sua primeira surpresa foi a de não estar na cela. Seria tudo aquilo um sonho? Voltou a conferir a mochila, encontrando alguns livros, mudas de roupa, mas nenhum dinheiro. Terminou por encontrar, também, um pequeno chaveiro que há muito não via. Tinha-lhe sido dado pelo velho, na ocasião em que anotou seu endereço num livro.

As ruas já estavam vazias, e uma chuva fina caía sobre a cidade quando Aurélio saiu em direção àquele endereço. Sentia-se tão feliz por caminhar livremente que terminou por perder a objetividade de sua busca. Apesar do cansaço, passou um bom tempo flanando pela madrugada, tendo a chuva banhando-lhe as faces.

A escuridão começava a esvanecer-se em azul quando Aurélio finalmente chegou ao edifício cujo endereço o velho anotara. Era um bairro afastado do centro, e não teria conseguido sem a ajuda de um taxista a quem pediu informações. Como o motorista morava no bairro e àquela hora voltava para casa, não se importou em dar-lhe uma carona.

Durante o percurso, por diversas vezes, Aurélio fechou os olhos, mas não conseguiu cochilar um minuto sequer, pois o taxista não parava de comentar as últimas notícias. Na noite anterior, Quirino teria fugido do país com a família e alguns de seus ministros. Outros membros do governo teriam evadido para o interior do país e as forças militares não demonstravam resistência.

À frente dos revoltosos, com fala moderada, o chefe do novo governo prometia convocar eleições. A mídia não parava de especular sobre os novos ministérios, nos quais autoridades do antigo governo figurariam ao lado de membros da resistência.

16

Recuado a cerca de vinte metros da rua, o prédio de três andares ainda preservava na fachada traços da beleza de outrora, mas um gradil enferrujado e paredes a suplicarem nova pintura atestavam sua idade vetusta.

Quando Aurélio abriu o portão, foi constrangido por um estrepitoso ruído, sentindo-se como a acordar todo o prédio. Seguiu com cautelosos passos e notou, com surpresa, como o jardim destoava do aspecto geral do imóvel.

Alguém aqui deve ter grande carinho pelas plantas – imaginou ao abrir vagarosamente o portão de vidro do saguão de entrada.

Diferentemente da fachada externa, o interior do edifício era limpo, e o piso, de granito escuro, conferia-lhe um ar de sobriedade. Uma escadaria de corrimãos metálicos dava acesso aos dezoito apartamentos que se distribuíam pelos três pavimentos.

Ao chegar ao terceiro andar, pela numeração percebeu que o apartamento buscado era o segundo à esquerda. Aproximando-se, tentou por duas vezes, sem sucesso, inserir a chave. Passou imediatamente a outra e, após alguma resistência, ouviu o clique da fechadura se abrindo.

Ficou, a princípio, sem saber que tipo de cômodo era aquele, verificando, depois, tratar-se de uma sala de estar. Sua singeleza e peculiaridade fizeram-no crer que deveria ter outros usos, ou talvez apenas refletisse a modéstia do lugar. Seu mobiliário consistia em duas poltronas de couro ladeadas por mesas de apoio e um vaso sem flores quedava quase invisível numa das quinas da sala.

O único objeto que lhe chamou atenção foi o quadro na parede que encimava um dos sofás. Retratava uma biblioteca de galerias hexagonais e prateleiras contendo número isométrico de livros. Como por efeito de um jogo de espelhos, a biblioteca dava a impressão de infinitude. Aurélio lembrou-se de ter lido algo semelhante em algum livro, mas a embriaguez e o cansaço ofuscavam-lhe a memória.

Caminhando sobre o piso de madeira que em alguns pontos rangia, Aurélio atravessou a porta que ligava a sala aos demais ambientes e logo parou estupefato. Estantes de mogno preenchiam as paredes de uma outra e ampla sala. Iam do teto até o chão, e livros ocupavam todos os espaços.

A única parede sem estantes era ladeada por um armário estilo arquivo e decorada com uma reprodução de *Relógios moles*, de Salvador Dalí. A tela era belamente iluminada por seis lâmpadas do lustre barroco que pendia do teto e, fazendo par com o colorido tapete persa, agregava conforto ao ambiente. Contudo, era espessa a camada de poeira ali acumulada, e Aurélio ficou a imaginar quanto tempo levaria para limpar todo o recinto.

Ao perceber, ao fundo, uma porta dando para um corredor, Aurélio julgou que ali encontraria os quartos, mas frustrou-se ao constatar que ela dava acesso a outros aposentos similares: salas com imensas estantes de livros que apenas se distinguiam umas das outras pela ornamentação e os afrescos que cada uma trazia no teto. Reproduções de célebres pinturas como a *Criação de Adão*, de Michelangelo, e a *Escola de Atenas*, de Rafael.

Em uma das salas, chamou-lhe a atenção uma gigantesca reprodução de *Noite estrelada*, de Van Gogh, cuja força e sutileza das cores não pudera perceber nas réplicas que até então conhecera. Sentiu como se voltasse aos passeios na floresta, vendo ao longe as formas da cidade, e perto, tão perto, o majestoso céu ornado de estrelas.

Aurélio, que acreditava haver percorrido todos os cômodos daquele verdadeiro labirinto de livros, convenceu-se de que teria de dormir no chão. Foi quando avistou uma nova porta na extremidade direita de uma das salas. Mesmo na penumbra, pôde perceber, aliviado, que se tratava de um quarto.

Como o interruptor não funcionasse, atravessou o aposento para acender o abajur sobre a mesa de canto e sentiu um grande aperto no peito ao notar os livros empilhados junto à cama. À sua frente, uma poltrona reclinável estilo neoclássico acercava-se de uma tela impressionista, mas o que de fato chamou-lhe a atenção foi a foto do velho sobre a escrivaninha. Devia ter ali mais de cinquenta anos, que se ocultavam no brilho de um sorriso, cuja expressão indicava um momento especial de vida.

17

O detetive aguardava, há mais de meia hora, sentado numa poltrona branca na sala de visitas. Por mais de uma vez tinham lhe servido café, e suas pernas davam evidentes sinais de impaciência. Já estava por demais acostumado a tais atrasos, mas, naquela manhã, ele parecia outro homem. Na noite anterior, os estrondos da revolução, além de acossarem seus ouvidos, abalaram suas certezas para com o futuro. Tudo somado, o homem não conseguira, nem por um instante, pegar no sono.

Nem mesmo a vista da cobertura, que sempre o fascinava, parecia consolá-lo. Sentia-se mais um objeto decorativo dentre tantos que asfixiavam aquela sala. Ali não havia paredes que não acolhessem ao menos três quadros, e o lustre de cristal, de tão exagerado, parecia uma nave espacial prestes a aterrissar. Talvez ela possa me salvar... – pensou desolado. Também as mesas de canto e centro mal podiam ser usadas, tantos eram seus adornos e porta-retratos. Sabia que muitos, por bajulação ou por modismo, poderiam discordar dele, mas aqueles excessos apenas estragavam a beleza do lugar.

Ao se completarem cinquenta minutos de espera, o detetive chegou a levantar-se para ir embora. Todavia, ao cruzar a porta da sala, vendo a abundante iconografia da proprietária entre tantas figuras ilustres, desistiu de partir, resignando-se em tê-la como generosa cliente.

— Bom dia, Pedro! Puxa, me desculpa o atraso! Estava numa ligação importante, não tinha como desligar – chegou dizendo, alguns minutos depois, dona Pilar Gonzalez.

O detetive estampava na face o desconforto pela espera, mas as palavras que proferiu não traduziram seus sentimentos:

— Bom dia, dona Pilar, sem problema!

Parecia-lhe evidente que a senhora tinha acabado de deixar a cama. Ainda trazia na face marcas do travesseiro e o laquê sobre os cabelos, sempre usado em profusão, era uma tênue reminiscência do dia anterior.

— Ai, Pedro, que momento horrível estou vivendo! – ela disse desolada.

— Dificílimo, dona Pilar, concordo inteiramente.

Sem entender a resposta, ela indagou:

— Como assim?

— Ué, esta revolução, né, a gente não sabe como vão ficar as coisas.

— Não, não é isso, Pedro. Estou sofrendo por causa do Presidente – disse balbuciando e contendo as lágrimas – tu te lembras dele, não é?

Dessa vez, foi o detetive quem não conteve o assombro, arqueando as sobrancelhas e arregalando ainda mais os imensos olhos negros.

— É o cãozinho mais doce do mundo – ela completou, levando ao rosto o lenço para conter uma lágrima.

— Mas o que foi que houve, dona Pilar?

— Desapareceu... – e lágrimas caíram copiosamente de seus olhos.

— Como foi isso?

— Fomos caminhar ontem na praça da República... e acabei sendo muito imprudente, meu Deus! – disse ela desolada. – Estava tudo tão tranquilo que resolvi soltá-lo da coleira. Nunca imaginei que aquele tumulto ia tomar conta de tudo, um horror. Meu Deus, que horror! Tu não imaginas o que passei.

Então, ela contou ao detetive, com profusão de detalhes, o que tinha se passado no dia anterior.

— Pedro, este talvez seja o caso mais importante que já te passei, entende? Quero que uses todos os seus recursos para encontrar o Presidente. Terás uma ótima recompensa.

O detetive ouviu com enorme satisfação aquela última frase. Pelas circunstâncias narradas, sabia quão difícil seria encontrar o cãozinho, mas era preciso deixar acesa a chama da esperança.

— Fique tranquila, dona Pilar. Farei tudo o que estiver ao meu alcance. A senhora é, antes de tudo, uma amiga.

Ao dizer isso, o detetive não estava abrindo mão de sua recompensa, mas, possivelmente, incrementando-a. Sabia como dona Pilar apreciava a ideia de que todos à sua volta fossem uma grande família.

A governanta adentrou tão silenciosamente a sala que só perceberam sua presença pelo aroma do chá que levava sobre a bandeja. O cheiro de erva doce era tão intenso que parecia impregnar toda a casa. Como por um passe de mágica, dona Pilar Gonzalez, subitamente, mudou de humor e não conteve o sorriso. Até mesmo o detetive, apreciador do café sem açúcar, terminou aceitando o chá.

— Essa receita de chá por infusão eu aprendi com o Joseph, é uma preciosidade – disse dona Pilar, complementando: – e a Maria já está fazendo como eu.

— Parece até perfume! – disse o detetive, dando uma mordiscada no bolo que, com biscoitos de manteiga, compunha a guarnição.

Viúva há mais de trinta anos, dona Pilar falava frequentemente do marido, um rico industrial da mineração que a teria conhecido na zona boêmia da capital. Com a viuvez, já famosa socialite, adorava imaginar-se uma espécie de mecenas.

Escondida em seu uniforme azul e branco, a governanta partiu tão silenciosamente quanto havia chegado, e, estando novamente a sós, dona Pilar indagou ao detetive:

— Tens novidades dos corredores palacianos?

— Quase nada, dona Pilar, a coisa ainda está muito nebulosa.

— Ah, Pedro, sei que águias enxergam mesmo na neblina, aposto que já estás a par de tudo – disse num tom maroto.

O detetive estufou o peito, inflado pela vaidade.

— Tu achas que Quirino ainda pode voltar? – insistiu ela.

— Não, isso não. A situação está consolidada.

— É mesmo? Mas foi tudo tão rápido!

— Pois é, mas, pelo que sei, Quirino e boa parte de seu grupo já estão bem longe, não acredito que tenham condições de voltar.

Após um instante, acrescentou:

— Como disse alguém de quem já não me lembro o nome, uma revolução se faz com estratégias e traições.

— Que horror! Mas quem foram esses traidores, me conte – perguntou ela, bebericando prazerosamente o chá.

— Bom, um deles acho que a senhora conhece bem...

— Quem, meu Deus?

— A senhora não vai me comprometer não é mesmo?

— Pedro, tu me conheces!

— O doutor José Otávio – disse Pedro em voz baixa.

— É mesmo? – ela indagou, arregalando os olhos e mostrando-se admirada.

— Bom, foi o que me contaram. Parece que ele será o próximo ministro da Justiça.

— Inacreditável, ele parecia tão próximo de Quirino...

— Pois é, parece que soube usar direitinho essa proximidade para passar de adjunto a titular da pasta.

Dona Pilar o acompanhava com atenção.

— Mas tem um outro nome que acho que a senhora não conhece, ainda. Dizem que foi ele que costurou a coisa toda... isso de não haver muita resistência, sabe?

— Quem? Me diga, homem!

O detetive ficou em silêncio como se estive a vasculhar a memória.

— Um oficial do Exército. Foi promovido a general faz pouco tempo, mas alguns dão por certo que já é o novo ministro da Defesa. General Torres, agora me lembrei o nome.

18

Quando Aurélio despertou, a luz do sol inundava todo o quarto, denunciando que já passava do meio-dia. Na noite anterior, adormecera abruptamente, deixando abertas as cortinas. A claridade parecia agravar sua dor de cabeça, e uma fome descomunal consumia-lhe as entranhas.

Terei de mendigar! – foi um dos primeiros pensamentos que lhe ocorreram ao se lembrar de que não lhe restara sequer uma moeda. Haveria algum dinheiro naquela casa? – perguntou-se. Vasculhou atentamente armários e gavetas, e conferiu o chaveiro na esperança de encontrar uma chave de cofre.

Terminou por encontrar um pequeno saco com moedas e um envelope amarelado cheio de notas. Junto deles estava uma caderneta vermelha que, a princípio, julgou ser um diário. Todavia, sua fome era tanta que decidiu partir sem ao menos contar o dinheiro, levando consigo a caderneta.

A cidade parecia restabelecida do tumulto do dia anterior, e as pessoas caminhavam normalmente pelas ruas. O ar quase bucólico que predominava no bairro surpreendeu Aurélio, trazendo-lhe a lembrança de sua terra, e uma saudade lhe apertou o peito ao se lembrar há quanto tempo estava longe de casa.

Notando uma maior aglomeração de gente numa pequena praça em frente ao prédio, Aurélio dirigiu-se para lá. Ali, num parquinho, crianças brincavam e corriam. Aurélio conseguiu, com alguns passantes, uma indicação de restaurante.

Duas quadras adiante, estava o concorrido self-service, onde teve de aguardar por uma mesa. Quando finalmente pôde servir-se, não se permitiu escolher alimentos, avançando-lhes com tamanha avidez que alguns garçons chegaram a olhar com suspeita.

Pediu uma jarra de limonada e comeu quase sem mastigar. Mas não pôde resistir à curiosidade sobre o objeto que trazia no bolso e, ainda comendo, abriu a caderneta vermelha, cuja bela caligrafia já lhe era familiar: "Este é um breve relato da história desta casa, um lugar de muitas moradas. Moradas de vozes que ecoam de tempos e lugares distintos, expressam e criam mundos, e apenas se manifestam quando chamadas. Esta casa, nossa biblioteca, é também o símbolo de uma grande luta. Luta envolvendo corações e mentes para garantir que tais vozes não fossem caladas...".

Aurélio parou de mastigar sentindo um arrepio percorrer todo o seu corpo. Lembrou-se tão vivamente do amigo que podia ouvir sua voz em cada uma daquelas palavras. Mais que um diário, aquele era também um manifesto.

Servidor da Biblioteca Municipal, o velho era um caudal de inovações e de ideias. Como gostava de repetir, para serem públicas, não bastava às bibliotecas garantirem livre acesso ao acervo. Era preciso ensinar as pessoas a percorrerem seus caminhos.

Foi assim que idealizou projetos como os saraus-show, o gibi que contava às crianças sobre a história dos livros e as visitas guiadas com saídas regulares, muitas das quais por ele mesmo conduzidas.

Um dos mais exitosos projetos foi "O autor na biblioteca", ciclo de palestras semanalmente proferidas por escritores convidados a falar para estudantes. Pessoalmente envolvido na divulgação, o velho conseguiu a adesão de toda rede de ensino da capital e, com a ajuda de Cláudia, sua companheira, o evento passou a ser apreciado também no meio artístico. Com o tempo, passaram a contar com a participação de importantes personalidades, dentre as quais dois ganhadores do Nobel.

Contudo, temendo que os jovens se acercassem mais dos autores do que dos livros, condicionou a participação nas palestras à visita guiada às dependências da biblioteca, ou à adesão ao "Tardes na biblioteca", outro vitorioso projeto em que os estudantes, acompanhados de familiares, passavam pelo menos uma tarde por mês em suas dependências.

Como veio a reconhecer o secretário de Cultura em discurso oficial, "a biblioteca tornou-se um dos espaços públicos mais vibrantes da capital", e uma multidão de crianças, adolescentes e famílias circulavam entre suas estantes todos os dias. Porém, alguns meses após o golpe liderado por J. Solano, o velho passou a perceber a constante presença de alguns homens que, não sendo pais nem professores, sentavam-se sempre nas últimas fileiras e faziam muitas anotações.

Apenas se deu conta do que se tratava tempos depois, quando seus convites a palestrantes começaram a ser recusados e ficou sabendo que muitos temiam serem presos e interrogados. Contudo, não se deu por vencido, passando a proferir ele mesmo muitas palestras. Ao cabo de dois meses, percebeu que o número de visitantes não havia reduzido. No diário, estava destacada a alegria que sentira nesse dia, comemorado especialmente com Cláudia.

A semente plantada gerou frutos, e a presença dos jovens na biblioteca já não era mais em razão das palestras, mas das estrelas verdadeiras daquela festa: os livros.

Numa tarde de maio, dirigia-se já para o auditório, quando foi advertido de que o diretor gostaria de vê-lo. Sem poder se esquivar, desculpou-se com a plateia do auditório e seguiu para a sala da diretoria.

A biblioteca era composta por um conjunto de dois edifícios. Um antigo, em estilo neoclássico, onde se concentrava o acervo de obras raras e o setor administrativo, e o outro, amplo e moderno, construído como um anexo, no qual estava o restante do acervo.

O gabinete do diretor encontrava-se no terceiro andar do prédio antigo, sendo acessível somente pela escada interna. O velho adentrou o recinto taciturno, mas foi desconcertado pelo sorriso amistoso com que o diretor o aguardava. Disse-lhe que admirava seu empenho e idealismo, mas temia que seus eventos estivessem a atrair muita atenção do governo.

Daquele dia em diante, as palestras foram suspensas. O velho passou a receber centenas de cartas todos os dias: eram pais, educadores e até crianças que lamentavam e questionavam o fim do projeto. Chegou a deixar cinco malotes cheios dessas cartas no gabinete do terceiro andar, mas a experiência do diretor, que tingia de branco seus cabelos, parecia algemar seus braços.

— Prefiro ouvir lamentos pelo fim dos eventos que pelo seu fim – disse ele ao velho certa vez.

Indiferentes à mudança na programação, o público seguiu numeroso, e tiveram de providenciar mais mesas nos espaços de leitura.

Infiltrados em meio ao público, agentes do serviço de inteligência também se faziam presentes. Procuravam apurar o que as pessoas liam e falavam, e o velho já podia reconhecer suas faces. Seguia, contudo, o rotineiro trabalho e, sendo consultado sobre livros, dava explicações tão detalhadas que valiam por uma aula.

O diretor da biblioteca, que suspeitava estar sendo seguido, quase teve um infarto ao ser procurado por agentes em seu gabinete. Seu pavor foi tão grande que os próprios arapongas se assustaram e tiveram de servir-lhe água gelada.

Ao fim, queriam apenas lhe comunicar as novas diretrizes normativas. Segundo tais normas, que em breve estariam vigentes, certas obras não mais poderiam ser emprestadas nem seria permitida sua leitura, devendo ser guardadas em local de acesso restrito.

Ao saber da medida, o velho passou a dedicar-se com afinco à tarefa de esconder o maior número possível de livros, temendo que em breve fossem recolhidos pelo governo.

Era o início de tempos difíceis, desafiadores e turbulentos. O caderno apontava para a dedicação com que se entregara à literatura, as noites não dormidas, os planos cautelosamente elaborados, as reuniões com um grupo que ia silenciosa e obstinadamente se formando em torno daquela causa. Inicialmente, eram apenas livreiros e bibliotecários, mas logo o grupo tornou-se heterogêneo, abarcando pessoas das mais distintas profissões, inconformadas com as restrições à liberdade.

Passados alguns meses, foi promulgado o decreto-lei que ficaria conhecido como Índex, determinando o recolhimento de obras tidas como subversivas. Foi, então, que nasceu a ideia de uma biblioteca secreta.

Um dia, como de costume, o grupo se reuniu em um dos apartamentos geminados que o velho recebera como herança. As tias solteironas a que pertenceram haviam falecido há mais de duas décadas, mas as discussões jurídicas sobre a herança somente há alguns meses tinham terminado.

Colocada em pauta a questão relativa à biblioteca, a posição do grupo foi de consenso: nada mais urgente e necessário. Nesse ponto, o diário era lacunoso, e Aurélio deduziu que as verbas para o financiamento da obra advieram de doações dos participantes do grupo.

Aqueles tempos difíceis foram marcados, também, por momentos de alegria. Alegria como a que experimentaram ao terminarem de estocar grande parte do acervo na nova biblioteca. Ali ainda estavam a comemorar, quando receberam a notícia da queima de livros pelo governo.

Então, em meio a tantos textos literários salvos, o velho chorou. Mas em seu choro as lágrimas de tristeza não sobrepujavam as de alegria, pois chorou, sobretudo, por ter podido salvar a beleza e sabedoria contidas naquele tesouro de palavras.

A queima dos livros encheu-os de mais vontade e, assim, conseguiram proezas extraordinárias. O grupo já se estendia às principais cidades, e havia inúmeros veículos envolvidos no transporte das obras. Cláudia, que tinha maior disponibilidade de tempo para viajar, passou a desempenhar um papel fundamental.

O velho não teria, porém, muito tempo mais em liberdade. Na biblioteca municipal, nem todos eram aliados, e o desaparecimento de livros começou a levantar suspeitas. O diário não registrava nomes, mas ele sabia que o estavam vigiando.

Passou a deslocar-se por diferentes itinerários, deixando de se envolver, pessoalmente, na coleta de livros. Temendo pela segurança de Cláudia, comprou-lhe uma passagem para a Europa.

A narrativa era assim interrompida, mas Aurélio conhecia o restante da história. Detido pela polícia política, o velho suportou penosas torturas sem entregar os colegas, ou o local onde escondiam os livros. Feito prisioneiro no governo de Solano, seria mantido no cárcere após o golpe de Quirino.

19

Ao sair do restaurante, Aurélio resolveu passear pelo bairro. Era suave o sopro do vento e, no céu, fendas azuladas surgiam por entre as nuvens então predominantes.

Passando por um bar, soou-lhe quase fictícia a notícia divulgada na TV. Em meio ao burburinho da rua, um repórter dizia, em tom alarmado, que tanques ocupavam o centro da capital. Diante de si, contudo, Aurélio apenas presenciava um bando de canários em divertida algazarra sobre um pé de magnólia. Mais adiante, na pracinha, pombos disputavam as sobras de um carrinho de pipocas. Foi acompanhando o voo de alguns deles, espantados por crianças, que Aurélio percebeu um imenso azul ir tomando todo o céu.

Pretendia seguir caminhando, mas notou que o portão de seu prédio estava aberto. Atravessou a rua e verificou que uma moça transportava sacos de terra. Deve ser a responsável pelo jardim – ficou a imaginar.

O trabalho de jardinagem, no entanto, não era executado pela jovem, mas por uma outra, mais velha, que se mantinha de joelhos com o rosto muito próximo às plantas. A jovem juntava a terra, recolhia ferramentas e tentava silenciar um cãozinho que latia sem parar.

Quando a mais velha solicitou o auxílio da jovem, Aurélio percebeu, com espanto, que ela usava uma fina e comprida bengala branca. Era uma cega.

20

Doutor José Otávio estava tão ocupado organizando seu novo gabinete que instruiu a secretária a dizer aos que telefonassem que ele estava em reunião. Havia chegado ao Ministério da Justiça às sete da manhã, não saíra para o almoço e, já no meio da tarde, ainda coordenava o trabalho dos assessores, alojando seus pertences nas novas instalações.

A parte mais trabalhosa, já concluída, tinha sido o transporte dos livros. Restava agora fixar nas paredes os inúmeros diplomas e as condecorações que havia recebido em "mais de três décadas de vida pública", como gostava de repetir, sempre de peito inflado e arqueando o queixo.

Os diplomas do bacharelado em Economia, Direito e Administração se uniam aos vários títulos acadêmicos conquistados no país e no exterior. Não fosse o gabinete tão grande, seria difícil encontrar lugar para suas fotos ladeando personalidades do mundo político e midiático. Exibia-as com orgulho e também com grande cuidado, selecionando, com perspicácia, aqueles ao lado de quem conviria aparecer a cada momento.

As fotos da numerosa família ocupavam lugar sobre a mesa principal, feita de jacarandá e trabalhada com ornamentações barrocas. Tendo-as ali, julgava suprir a fragilidade dos laços, assegurando alguma proximidade. Embora não soubesse exatamente a razão, conservava as fotografias sempre voltadas para a entrada, de modo que lhes via apenas o verso.

Sobre a mesa ficavam também os cadernos com frases que ia compilando em suas leituras. Era um leitor voraz e, sobretudo, veloz, talvez voraz apenas por saber ser veloz, velocidade que adquirira com refinada técnica desde a infância, quando tomara contato com a leitura dinâmica. O artifício principal, contudo, aprendera na fase adulta e consistia em saber retirar dos livros apenas e tão somente o que neles procurava.

Gabava-se de uma suposta imagem de homem culto e decorava milhares de frases para ornamentar com citações suas conversas. Vaidoso e sarcástico, conseguia ser, porém, bastante agradável quando assim lhe convinha. E, apesar de não se preocupar muito com a saúde, cuidava da aparência com esmero, vestindo-se com enorme elegância.

Afora a lendária biblioteca, era igualmente célebre sua coleção de gravatas e a reputação de conquistador, propalada aos quatro cantos da república, que lhe dava satisfação apenas comparável ao exercício do poder.

No fim daquela tarde, quando a secretária transmitiu-lhe a lista de chamadas recebidas, foi a de dona Pilar Gonzalez que ele primeiro retornou. Afinal – pensou – depois de tantas atividades exaustivas, merecia algum prazer.

— Pilar, sou eu, Zé Otávio. Desculpe não ter podido atender sua chamada.

— Querido! Como está nosso novo ministro? Que alegria! Liguei para dar os parabéns! Tu mereces como ninguém essa conquista. Bons fluidos!

— Ah, muito obrigado, minha amiga! Fico feliz com seus votos. E vou mesmo precisar desses bons fluidos – disse num sorriso.

— Imagino como deve estar conturbada a situação.

O ministro pigarreou.

— A revolução em si está absolutamente consolidada. Era um processo irreversível, um anseio da nação, como bem sabe. Mas a transição de um governo despótico e ineficiente não é nada fácil, como você há de imaginar.

Dona Pilar ficou em silêncio. Era estranho ouvi-lo falar assim de um governo do qual fizera parte.

— Muitas reformas serão necessárias – acrescentou ele – e algumas estão em minha alçada. Não sei se já sabe que a pasta da Justiça foi agora fundida com a do Meio Ambiente.

— É mesmo? Não sabia.

— Depois conversaremos mais sobre isso, mas é um problema que precisava mesmo ser equacionado desde os tempos de seu marido.

— Mas do que se trata?

— O velho problema da flexibilização das normas ambientais. O país tem um potencial enorme, e precisamos atrair investimentos externos. No tempo de seu marido, era a atividade minerária. Hoje, além dela, muitas outras.

— Sim, me lembro do Joseph comentar sobre isso, mas... achei que a questão já tinha sido resolvida.

— Claro, o problema crucial daquele tempo, relativo à mineração, e que envolvia mudança de normas constitucionais, foi equacionado, mas o que temos está longe de ser razoável – explicou o ministro em tom pedagógico.

E acrescentou:

— Sabe, podemos atrair um capital estrangeiro muito maior caso consigamos reduzir o número de limites e de exigências prescritos pela legislação ambiental.

— Espero que isso possa nos tirar dessa situação, que está um horror – lamentou dona Pilar.

— Mas claro, essa é nossa meta. Veja você, Pilar, as normas que temos colocam estorvos até para o escoamento de nossas riquezas, limitam a construção e ampliação de portos e aeroportos, e impedem o melhor aproveitamento de nosso espaço urbano.

— Que coisa boa, Zé Otávio! Fico feliz com as novidades – disse ela animada – mas eu te liguei, também, porque estou pensando em fazer uma daquelas festas-sarau aqui em casa e vai ser maravilhoso se puderes vir.

— Ah, suas tradicionais festas... alegra-me o espírito só de ouvir falar nelas!

— Ah, querido, que bom ouvir isso.

— Como você há de imaginar, minha agenda está uma loucura e, infelizmente, não tenho como garantir minha presença, mas farei o possível. Para quando está marcada?

— Então, veja, não está marcada ainda. Liguei antes de tudo justamente para saber quando seria melhor para ti.

— Fico lisonjeado com a gentileza. Nas próximas semanas, tenho compromisso todos os fins de semana: viagens, inaugurações, palestras. Mas depois já se abrem algumas janelas.

— Quem sabe no mês que vem, então?

— Como disse, será uma alegria imensa, mas já não sou senhor de meus passos – disse o ministro se esquivando.

— Ah, Zé Otávio, tu nunca foste muito fácil com promessas... Lembra-te daquela vez que quase me deste o bolo? Se não tivesse insistido muito na última hora, tu não tinhas vindo, e teria perdido não é mesmo? – argumentou dona Pilar num tom jocoso, recordando a festa na qual o ministro veio a conhecer uma famosa modelo com quem manteria um *affaire*.

— Bons tempos – disse ele sorrindo – bons tempos...

— Quem não está vivendo bons tempos sou eu... – disse dona Pilar num tom pesaroso.

— Mas o que foi que houve Pilar?

— Lembras do Presidente? – perguntou entre soluços.

O ministro pigarreou:

— Quem, como? – indagou vacilante.

— O meu cãozinho... – lembrou dona Pilar.

— Ah, sim, claro! Como haveria de esquecer?

— Ele desapareceu.

— Como assim? Desapareceu como?

Impaciente com a longa história que então se iniciava, o ministro polidamente interrompeu dona Pilar. Disse que o presidente o chamava na outra linha e despediu-se prometendo ajudá-la.

21

Encostado no balcão de madeira com pintura descascada, Aurélio já não encontrava posição para ficar. Perdera a conta do tempo que ali estava, e a única servidora que tinha se mostrado minimamente disponível seguia a falar ao telefone. – Um minuto, ok? Foi tudo o que ela havia dito, e mais de uma centena de minutos haviam se passado.

Todos os demais funcionários pareciam completamente alheios à sua presença. Uns, envolvidos com arquivos e papéis que se avolumavam como montanhas por sobre as mesas; outros, inquietos como formigas em idas e vindas pelo corredor interno.

Armários metálicos cobriam as paredes do recinto, e cortinas fechadas impediam a visão, pelas janelas, das pilhas de processos que ocupavam todos os vãos. Tudo aquilo conferia ao lugar um ar tão claustrofóbico que Aurélio se dividia entre a pena e a indignação.

A funcionária ruiva de óculos extravagantes finalmente colocou o telefone no gancho, e Aurélio acompanhou-a com os olhos, mas ela parecia tê-lo esquecido. Dirigiu-se ao filtro de água e encheu, com calma irritante, a garrafa. Depois voltou a passos lentos para a mesa, encheu seu copo até a borda e bebeu como quem degusta um bom vinho. Ao notar que Aurélio a fitava, lançou-lhe um olhar de recriminação, como se ele a estivesse incomodando com sua presença.

— Você quer alguma coisa? – ela, finalmente, indagou-lhe com rispidez.

Mais tarde, várias respostas ocorreriam a Aurélio, dentre as quais a que mais lhe agradava teria sido dizer que estava ali há mais de uma hora por pura contemplação estética. Mas, naquele instante, apenas conseguiu dizer:

— Procuro informações sobre uma pessoa desaparecida.

A moça olhou-o com reprovação e disse:

— Mas isso é assunto pra delegacias!

— Eu já estive nelas e me informaram que desaparecidos políticos – enfatizou a expressão "desaparecidos políticos", tal como tinha feito o delegado – deveriam ser procurados no Ministério da Justiça.

Com expressão sarcástica, a ruiva finalmente aproximou-se do balcão.

— E quem é o desaparecido?

— É uma mulher, chama-se Sabina.

A moça franziu a testa como a destacar que ainda aguardava a resposta, mas como Aurélio nada mais dissesse, ela completou:

— Ela, por acaso, foi registrada?

— Olhe, eu... eu devo confessar que não sei seu nome completo – disse Aurélio corando – mas tenho outras informações relevantes.

A ruiva agora balançava a cabeça soltando umas risadinhas. Aurélio não se conteve:

— Olhe moça, essa mulher lutou bravamente contra Quirino, por isso, acho que merecia mais respeito.

A moça conteve suas risadas, mas não perdeu o ar de desfaçatez.

— Senhor, isso aqui é o arquivo do Ministério da Justiça, precisamos de dados para encontrá-la – dizendo isso, fez um amplo gesto como se quisesse apontar para todos os papéis que se encontravam na repartição.

— Mas eu não sei seu sobrenome... – ele respondeu desolado.

— Tome – disse ela, estendendo um cartão improvisado – este é o endereço do novo departamento que abriram; cuida de tudo que envolve justiça de transição, pode ser que lá consigam te ajudar.

E antes que Aurélio pudesse formular qualquer pergunta, a moça deu-lhe as costas e voltou para sua mesa.

22

Passava de uma da tarde quando Aurélio chegou ao endereço que a funcionária lhe havia fornecido. O escritório ficava afastado do eixo dos ministérios, situando-se num antigo edifício comercial. Para chegar até lá, ele teve de enfrentar, mais uma vez, a indigesta e perturbadora melodia de buzinas, britadeiras e automóveis que compunham o ambiente da capital.

Ao rodar a maçaneta da porta, Aurélio verificou que estava fechada. Levou a mão ao bolso para conferir o cartão com o endereço mas, antes que pudesse fazê-lo, notou uma folha de papel colada à porta com uma escrita em tinta azul: “Horário de atendimento: das 9h às 12h e das 14h às 17h”. Sentindo os músculos retesarem em sua face, consultou o relógio e resolveu procurar um restaurante para almoçar.

Às 14h10, Aurélio estava de volta e, dessa vez, encontrou a porta aberta. Todavia, não havia ninguém para atendê-lo. Como não houvesse, ali, uma campainha, bateu palmas para chamar a atenção. Continuou sozinho, no balcão, por algum tempo, até que um homem de terno claro entrou pela porta e colocou-se ao seu lado.

— Não tem ninguém atendendo aqui? – perguntou a Aurélio.

— Ainda não vi ninguém.

O homem dobrou-se então sobre o balcão e gritou:

— Seu Taquinho! Dona Filomena!

Não demorou muito, uma senhora de cabelos curtos e ar pachorrento veio atendê-los.

— Boa tarde, Pedro. Tudo bem?

— Boa tarde, dona Filomena, esse rapaz está na minha frente – disse apontando para Aurélio.

— Como posso ajudá-lo, pois? – indagou ela, voltando--se para Aurélio.

— Boa tarde! Bem, estou à procura de uma pessoa que desapareceu durante a ditadura de Quirino.

— Ok, e como ela se chama?

— Sabina... – e fez uma pausa – mas eu não sei o sobrenome.

A senhora lançou-lhe um olhar indagador.

— Sei que pode parecer estranho, mas Sabina foi um importante membro do Movimento de Libertação.

— Mas você não sabe o nome completo dela?

Não, não sei, infelizmente. Ela sempre foi muito discreta, você sabe, esses segredos que envolvem a vida de guerrilheiros.

— Entendo, mas veja que essas buscas já não são fáceis e, desse modo, ficam ainda mais difíceis – concluiu desanimada. – Não tem como conseguir essa informação?

Aurélio apenas sacudiu a cabeça desolado.

— Sabina, membro do Movimento de Libertação, não é isso?

— Sim, isso mesmo. – E após alguns segundos – Ah, ela usava um anel inconfundível no dedo médio, de ouro com uma enorme cabeça de águia, acrescentou com um entusiasmo que não foi compartilhado pela funcionária.

— Verei o que consigo. Peço para que volte amanhã, ok?

— Tudo bem, obrigado. Até logo – disse Aurélio, dirigindo-se, também, ao homem de terno.

— Se me permite, vou lhe passar meu cartão, talvez eu possa ser útil – disse-lhe o homem com um largo movimento.

Aurélio, que a essa altura já começava a se cansar de cartões de visita, leu com desinteresse os dados do detetive particular Pedro Rocha. Apenas chamou sua atenção o número de telefone anotado à caneta vermelha.

— Até mais meu caro, e boa sorte! – disse o detetive com jovialidade.

No dia seguinte, no mesmo horário, Aurélio retornou à repartição de dona Filomena, encontrando-a absorta na leitura de jornais. Passou-se longo tempo até que se dirigisse ao balcão para atendê-lo. Ao menos era mais amável, pensou ele tentando manter acesa a chama da esperança com que despertara naquele dia.

— Infelizmente, não tive como verificar nada – disse a mulher consultando alguns papéis que trazia nas mãos. – Como se chama mesmo?

Aurélio olhou-a incrédulo e disse:

— Sabina.

— Sabina, claro. Pois bem, essa é uma situação mais complexa...

— Complexa como? – perguntou Aurélio.

— Não tenho condições de verificar isso aqui. Só pode ser resolvido com o superintendente.

— Deixe-me falar com ele, então! – disse Aurélio, dando sinais de irritação.

— Ele agora está muito ocupado, você pode voltar amanhã?

A frustração pareceu reverberar em cada uma das letras do "sim" com que Aurélio respondeu à senhora.

No outro dia, chegando à repartição alguns minutos antes do horário marcado, foi informado de que o superintendente tinha sido convocado para uma reunião de urgência e não retornaria.

Ao sair do prédio, Aurélio cruzou com o detetive que, imediatamente, percebeu como a desolação transbordava em suas faces.

— Ei, rapaz, tudo bem?

Aurélio fez um aceno e seguiu seu caminho. O detetive, porém, se virou e foi ao seu encontro.

— Quer tomar um café? Tem um muito bom aqui ao lado!

Era uma cafeteria singela, com três mesas na calçada e um espaço interno onde os fregueses se dividiam entre o balcão de pedra e duas mesinhas espremidas junto ao freezer. Atrás do balcão, um senhor barrigudo, educado e formal, colhia os pedidos. Repassava-os a uma atendente negra, cuja alegria parecia camuflar seus cabelos brancos.

Sentaram-se em uma das mesinhas e o detetive foi logo cumprimentado pelo proprietário. A simpática atendente não tardou em trazer-lhes o cardápio.

— Não precisa, dona Ana – apressou-se a dizer o detetive. – Vamos querer biscoitos de queijo e dois expressos por favor!

— Ok, seu Pedro, é pra já – disse ela.

— Você deve ser cliente antigo aqui – comentou Aurélio.

Rindo e abaixando a voz ele disse:

— Na verdade, apenas duas semanas, mas nos entrosamos bem.

— Desculpe intrometer, mas você conseguiu o que queria hoje? – emendou o detetive.

— Nada – respondeu Aurélio – tem sido assim, sempre a mesma coisa.

O café e os biscoitos foram delicadamente colocados sobre a mesa pela funcionária. Entre uma mordiscada e outra Aurélio perguntou:

— Você deve conviver muito nesse meio, não? Como suporta?

O detetive fitou-o por alguns segundos.

— Acho que tenho uma enorme paciência – e deu uma risada.

— É estranho, pois eu também me julgava paciente, mas essa coisa está fritando meus nervos.

— Aprendi alguns truques no caminho, meu jovem.

— Preciso conhecê-los!

— Alguns, só mesmo com a experiência – disse o detetive, fazendo uma pausa – mas posso lhe dar algumas dicas.

Aurélio esboçou um olhar de súplica.

— Não me leve a mal – começou o detetive – mas acho que você devia se vestir melhor nessas ocasiões. É um meio muito formal, sabe, e acabam te julgando pela aparência.

Como ele lançasse um olhar sobre seu corpo, Aurélio indagou:

— Tenho de usar terno?

— Não disse isso. Mas algo melhor que jeans e camiseta.

Aurélio nunca fora mesmo muito ligado nos ditames da moda mas, naquele caso, eram as únicas peças de roupa com que saíra da prisão. E como não desejava abrir-se sobre sua condição financeira, fez um ar de desentendido e perguntou:

— Tem algum outro conselho?

— Você tem algum padrinho?

— Como?

O detetive olhou-o com ironia.

— Ah, meu rapaz, você precisa conhecer pessoas...

Ao dizer isso, notou como Aurélio ficou ainda mais triste. Ao longo de sua vida, não era a primeira vez que a solidão, por ele tão cultuada, colocava-se como um libelo acusatório.

— Você não é daqui não é mesmo?

— Não, não sou.

— Não se preocupe, vou tentar ajudar você com isso. Encontrar informações sobre essa moça não deve ser mais difícil do que esse maldito cãozinho – disse o detetive, sinalizando ao senhor no balcão que gostariam de pagar.

23

Na torre da igreja, os ponteiros do relógio já se alinhavam dividindo-o verticalmente, mas o sol parecia ignorá-lo, brilhando intensamente quando Aurélio voltou para o apartamento. Pensara longamente em alternativas para otimizar sua procura por Sabina. Tentava também imaginar condições de se manter na capital, pois julgava que de sua cidade seria impossível encontrá-la.

Estava absorto em tais pensamentos quando, ao atravessar cabisbaixo o canteiro do prédio, ouviu um latido. Ao virar-se, porém, não foi o cão que chamou sua atenção, mas as jardineiras trabalhando silenciosamente em meio às margaridas.

Era a cega, pensou. Magra, mas de robusta estrutura óssea, tinha uma pele muito lisa e clara e um rosto de feições orientais. Seus lábios eram um permanente sorriso, e sua jovialidade despontava na leveza dos movimentos. Ficou algum tempo a observá-las, e o cãozinho acabou se acostumando com sua presença.

Aurélio teve a impressão de que a jardineira mais jovem parecia imitar os movimentos da cega, que mantinha a cabeça inclinada e seus cabelos, curtos e lisos, chegavam a tocar as flores. Estaria conversando com elas? Aurélio ficou a imaginar. Ao chegar mais perto, porém, o poodle voltou a latir. Nesse momento, a cega recuou o tronco e virou-se para Aurélio que, estalando os dedos, tentava acalmar o cãozinho.

— Esse menino é muito nervoso – disse a ela. – Calma, cãozinho, calma!

— Desculpe-me interromper, mas faz tempo que queria parabenizá-la pela beleza do jardim.

— Ah, muito obrigada pela gentileza – afirmou a mulher sorrindo. Enquanto falava, seus olhos fitavam o infinito como só os cegos parecem saber fazer.

— Meu nome é Aurélio.

— Muito prazer, Aurélio! Eu sou Yolanda, e esta é Francisca, minha sobrinha – disse ela logo emendando.

— Quais são suas flores favoritas?

— É até difícil dizer, mas acho que gosto especialmente das tulipas.

— Estão lindas, não é mesmo? Você reparou como as do canto direito estão desabrochando, com cores muito vigorosas?

— É verdade, não tinha percebido – disse Aurélio surpreso – preciso treinar meus olhos.

— Não basta educar os olhos. Para perceber as plantas, você tem de usar todos os sentidos. A maioria acaba se deixando enganar pela visão.

— Eu mesma levei um tempo para compreender isso – disse a mais jovem, entrando na conversa. – E muita gente acha que sou eu a verdadeira jardineira – completou ela sorrindo.

O silêncio de Aurélio parecia ecoar perplexidade.

— Não se preocupe, você não é o único a pensar assim – disse a jardineira cega, como se pudesse ouvir seus pensamentos. – Venha aqui que vou lhe mostrar como se faz.

Ao aproximar-se da mulher, o cãozinho voltou a latir.

— Quieto, menino! – repreendeu, carinhosamente, a cega, enquanto sua assistente aproximava-se do poodle para acariciá-lo.

— Abaixe-se aqui ao meu lado – pediu ela.

— Isso, agora faça como eu – e aproximou a face de pequeninas margaridas que ali cresciam, como se quisesse cheirá-las.

— O cheiro é sutil, mas muito agradável – disse Aurélio.

— Sim, é verdade, mas não aproxime apenas o nariz.

Só então Aurélio compreendeu porque ela parecia roçar a cabeça nas flores. Ela queria também ouvi-las.

— Para perceber as plantas, é preciso cheirar os seus sons e ouvir o seu perfume. Tente!

Aurélio ficou algum tempo tentando escutar alguma coisa, mas nada conseguia perceber além de ruídos de insetos e ramos ao vento.

— Já é um excelente começo – disse a cega – você pode se tornar um bom jardineiro.

Por mais estranhas que pudessem parecer, as palavras da mulher lhe faziam sentido. Quando de suas caminhadas na floresta, Aurélio muitas vezes, teve a sensação de que as plantas, como as aves, também tinham um canto. Ao crescer e florir produziam um miraculoso ruído.

Com o movimento de Aurélio a levantar-se, o poodle voltou a latir.

— Quieto, cãozinho, quieto! – disse a cega incomodada.

— Ele não tem nome? – perguntou Aurélio.

Apanhando o cachorro no colo, a sobrinha disse:

— Ele não é nosso. Nós o encontramos perdido na rua no dia da revolução.

24

Ao voltar ao apartamento, Aurélio foi direto à estante de livros. A conversa com as jardineiras despertou-lhe o desejo de ler e reler livros de poesia. O velho sempre manifestou admiração pelos poetas e sua capacidade de perceber o mundo por diferentes sentidos. Aurélio jamais se esquecia dos versos que recitava sobre o menino que "roubava vento e saía correndo com ele para mostrar aos irmãos".

Movido pelo desejo de mergulhar numa realidade fascinante e tantas vezes escondida, passou a flanar por entre as prateleiras da biblioteca. Ali, o tempo não bulia, e ele, mesmo imóvel, descobria e desbravava caminhos, percebendo nas letras possíveis sentidos de voo.

Com García Lorca, recordou paisagens que jamais vira: "La sangre bajaba por el monte y los ángeles la buscaban, pero los cálices eran de viento y al fin llenaban los zapatos". Com Manoel de Barros, ressignificou dissonâncias e sentiu o gosto do vazio: "O meu amanhecer vai ser de noite" e "Não gosto de palavra acostumada". Com Drummond, deixou-se tocar por uma sombria esperança: "Passem de longe, bondes, ônibus, rio de aço do tráfego. Uma flor ainda desbotada ilude a polícia, rompe o asfalto. Façam completo silêncio, paralisem os negócios, garanto que uma flor nasceu". Em André Breton, sentiu a longínqua proximidade de Sabina: "Minha mulher com quadris de lustre e penas de flecha. E de caule de plumas de pavão branco. Minha mulher com nádegas de arenito e de amianto. Minha mulher com nádegas de primavera. Com sexo de lírio roxo".

Numa tarde de outono, encaminhava-se para a cozinha a fim de apascentar as súplicas do estômago quando parou subitamente sentindo-se como se tivesse visto um fantasma. Deu dois passos para trás e postou os olhos numa estante.

O que via, entretanto, eram apenas livros, livros que já lera e desde o início sabia estarem ali naquela biblioteca. O que lhe causou assombro, contudo, não foram os títulos, nem seus autores, mas sim sua distribuição.

Sim, a distribuição das obras nas prateleiras fez um tremor percorrer o seu corpo. Voltou-se mais uma vez para conferi-la. Sua impressão se comprovava: distribuídas em três estantes distintas, Hamlet, Don Quixote e Cem anos de solidão posicionavam-se em perfeita simetria, formando uma triangulação que a Aurélio soava estranhamente familiar.

Como a fome era enorme, seguiu até a cozinha para preparar o jantar. Mas, enquanto dava as primeiras garfadas, o mesmo tremor de súbito voltou a lhe assaltar. "Entre Hamlet, o Quixote e Cem anos de solidão esconde-se um grande tesouro!" – ele tinha ouvido o velho dizer mais de uma vez na prisão. Meu Deus, estaria ele expressando algo mais que uma metáfora? Indagou-se Aurélio, deixando de lado o prato para voltar às estantes da biblioteca.

A simetria era nítida e não podia ser simples coincidência. Tomado por forte intuição, mas lutando com sua incredulidade, Aurélio permaneceu por longo tempo vasculhando maiores evidências. Repisou com atenção o piso de madeira, correu a mão por sobre as estantes, retirou e voltou a colocar cada um daqueles livros. Nada de diferente pôde notar, contudo.

Decidiu posicionar-se em meio à conformação triangular das obras e assim permaneceu por tempo suficiente para que, nas prateleiras, nada mais fosse estranho a seus olhos.

O teto do recinto era ornamentado com uma reprodução do célebre afresco de Michelangelo sobre a criação de Adão, e no local exato onde se posicionava o abdômen do primeiro homem Aurélio perfilava em posição linear. Contorcendo o pescoço para trás, ele ficou a analisar, detalhadamente, os traços daquela pintura.

Percebeu, por fim. que uma saliência se destacava do umbigo de Adão. Correu até o outro cômodo e trouxe a escada que utilizava para alcançar as prateleiras mais altas. Posicionou-a naquele ponto em que as linhas imaginárias entre as obras de Shakespeare, Cervantes e García Márquez se encontravam e começou a subir os degraus. Parou a cerca de três palmos do teto, ergueu o braço direito e, num movimento sutil, tocou com o dedo indicador o umbigo do primeiro homem.

Como suspeitara, o umbigo não era efeito de tinta, havia ali uma reentrância, e Aurélio o apalpou com os dedos até perceber um gancho de metal que nele estava embutido. Forçou-o com os dedos, e um ruído se fez ouvir. Moveu então a mão esquerda para junto da direita e apoiou-as sobre o teto, percebendo que era de madeira. Num movimento contínuo, começou a empurrar o teto com as mãos espalmadas e uma fenda logo se abriu sob o rangido de molas enferrujadas.

Ao colocar a cabeça no vão, Aurélio não foi capaz de ver um palmo diante de si. Desceu novamente as escadas para buscar uma lanterna que havia visto num dos armários do quarto. Testou-a e subiu as escadas já com a luz acesa, podendo agora perceber como o alçapão se escondia entre os traços da pintura.

Apesar de estreita a abertura, Aurélio não encontrou dificuldades para atravessá-la. Devido à altura do pé direito, teve de caminhar ligeiramente curvado e muito atento para não esbarrar nas inúmeras teias de aranha. O ar era muito úmido, e o cheiro de mofo incomodava. Ao avistar uns sacos de pano, pensou que pudesse ser um depósito, mas a imagem do baú ao fundo fortaleceu suas suspeitas.

O objeto em madeira escura e tampo abaulado que se projetava acima da estrutura na forma de paralelepípedos era a figuração perfeita de um baú de piratas. Nas extremidades, faixas de couro presas por tarraxas de metal dourado conferiam um ar de robustez que era contrastado apenas pelas estampas de flores em cobre que se posicionavam nas laterais da tampa.

Avançando alguns passos, Aurélio reparou nas hastes laterais e ficou a pensar na inutilidade que elas encerravam com seu diminuto tamanho. Percebeu também que o ferrolho de metal da tampa não estava lacrado, e o cadeado, cujo peso devia ser proporcional à idade, encontrava-se sobre o chão.

Tomando uma inspiração profunda, Aurélio colocou as mãos sobre o tampo e, num gesto instintivo, começou a levantá-lo. A visão que teve deixou-o paralisado e, por muito pouco, não permitiu que o tampo lhe desprendesse das mãos.

Suas suspeitas se confirmavam com um brilho inesperado. Em meio a maços de dólares e pedras preciosas, joias e barras de ouro se espalhavam.

Juntando as mãos Aurélio pegou algumas pedras, deixando que vazassem por entre seus dedos. Colocou no pescoço um dos colares e nas mãos encaixou braceletes e anéis. Não tivesse ele deixado a lanterna sobre o chão, o brilho dourado teria ofuscado sua vista.

Movendo-se entre a incredulidade e o gozo, percebeu uma carta colada sob a tampa. Focou a lanterna e tirou-a com cuidado. A caligrafia estava maior que de costume, mas era inconfundível a letra do velho.

Ali ele contava, resumidamente, a história daquele lugar e concluía com um poema de William Wordsworth:

"Os livros são seus,
em suas câmaras silenciosas o tesouro remanesce
preservado de geração a geração; muito mais precioso
que o estoque de ouro
e gemas do oriente, que, num dia de necessidade
o sultão esconde no fundo das tumbas ancestrais.
Esses tesouros de verdade podem remanescer
destrancados."

25

Enxugando novamente a testa, o detetive adentrou outro estabelecimento no centro da capital. Era sua quinta visita naquela manhã e, a cada vez que saía às ruas, arrependia-se de ter escolhido um dia tão quente para iniciar sua busca.

— Bom dia! – disse aliviando-se com o eficiente ar condicionado da loja. — Seria possível falar com o proprietário?

— Ele não está – respondeu a jovem que arrumava camisas atrás do balcão.

— Preciso falar com o gerente, então, por favor.

— Quem é o senhor?

— Me chamo Pedro, estou precisando de umas informações.

Os olhos da moça denunciavam desconfiança.

— Não se preocupe, são questões corriqueiras, na verdade estou precisando da ajuda de vocês.

Nas visitas anteriores, o detetive percebeu a desconfiança que reinava entre as pessoas e terminou por adotar uma abordagem mais sutil e informal do que havia ensaiado.

Ainda hesitante, a moça, que estava em sua primeira semana de trabalho na loja, foi até os fundos e chamou por um nome. Uma voz feminina logo se faria ouvir dos fundos dos estabelecimento.

— Como posso ajudar? – indagou caminhando a elegante morena que se apresentou como gerente da loja.

— Bom dia, meu nome é Pedro, sou morador do bairro, estou precisando da ajuda de vocês.

— Estamos organizando a coleção que acabou de chegar, mas se não for demorar... – disse ela com formalidade.

— Vou ser breve. Perdemos nosso cachorrinho poodle há cerca de um mês. Minha mulher está desesperada, ele era como um membro da família, sabe?

— Puxa, que pena! Eu também tenho uma cachorrinha, imagino como deve ser difícil.

— Muito difícil, muito difícil! Minha filha não para de chorar e não aceita a ideia de comprar outro – disse o detetive em tom melodramático.

A morena mudara de expressão e parecia compadecida.

— Será que alguém aqui não viu o cãozinho? – perguntou, mostrando uma foto do poodle. – Ele se perdeu no dia da revolução, sabe?

— Acho que vai demorar para a gente esquecer daquele dia. Passamos um aperto danado aqui na loja – comentou a mulher.

— É verdade – concordou o detetive, e fez um silêncio como se quisesse interromper o assunto. Depois acrescentou:

— Daremos uma boa recompensa para quem o encontrar ou souber de alguma informação. Posso deixar meu telefone? – acrescentou o detetive, lançando um olhar furtivo para as mãos da gerente, constatando que ela usava aliança.

— Sim, claro. Vai ser um prazer ajudar. Eu, infelizmente, só me lembro de gente, gente, muita gente aquele dia. Mas vou conversar com o pessoal aqui e lhe dou uma resposta.

Abrindo uma pequena agenda, ela anotou rapidamente os números telefônicos, e despediu-se com um sorriso simpático.

Àquela hora, a rua parecia uma fornalha, e Pedro teve de tirar mais uma vez o paletó. A abordagem informal da última visita lhe pareceu bem mais adequada e, sendo assim, não mais precisaria, também, da gravata. Mas estava de tal modo habituado a usá-los que temia sentir-se um cavaleiro sem armadura.

Almoçou num restaurante que conhecia nas proximidades e, ao terminar, pegou o caderno de notas para refazer mentalmente o percurso. Entre casas, prédios e estabelecimentos comerciais, ainda restavam oito lugares a serem visitados naquele dia.

Da janela do restaurante, Pedro notou a luz branca e candente que inundava as ruas naquele de início de tarde e sentiu seu corpo prostrar. Convenientemente, lembrou-se de que tinha assuntos a tratar no Ministério da Justiça. Aquela investigação podia continuar outro dia.

26

No início, Aurélio imaginou que não o tinham reconhecido na repartição e, se isso lhe causava algum desconforto, era inegável que agora lhe ofertavam muito melhor acolhida. A funcionária ruiva chegou a escorregar os óculos pelo nariz e estava a examiná-lo quando Aurélio lhe disse:

— Vim ver o superintendente – e foi atendido sem demora.

— Sim, claro! Ele só está terminando uma reunião e já vai recebê-lo. Aceita uma água? Está bem quente hoje, não é mesmo?

— Obrigado! – balbuciou Aurélio perplexo. Serei eu um outro se visto roupas mais nobres? Teriam gravatas e paletós o condão de mudar nossas almas? – indagava-se, shakesperianamente, enquanto bebericava o copo d'água.

A porta lateral foi aberta e, chamando-o com cortesia, a ruiva o conduziu ao gabinete do superintendente.

Ao fundo da sala comprida e estreita, Aurélio viu um

homem de meia idade, cabeleira mal penteada, metido num terno azul claro. Parecia muito ocupado escrevendo à máquina enquanto consultava uma pilha de papéis.

O vazio das prateleiras contrastava com a infinidade de caixas e arquivos que se espalhavam pelo chão. Não havia ornamentos, quadros ou planta. Não fosse a foto do presidente da República sorrindo, nada indicaria ao visitante que não se tratava de um depósito.

— Boa tarde, sente-se, por favor – disse o homem levantando-se para atendê-lo.

— Obrigado.

Ao sentar-se, Aurélio ouviu o ranger de molas da poltrona de couro desgastado.

— Como posso ajudá-lo, senhor? – apesar de ter ouvido aquele pronome algumas vezes naquele dia, Aurélio ainda não se habituara ao recente tratamento.

— Procuro alguém que desapareceu na ditadura de Quirino. Já estive algumas vezes aqui, mas a funcionária me informou que só o senhor poderia resolver o caso. É o caso de Sabina, está lembrado?

O superintendente pigarreou desconcertado.

— São muitos os casos, senhor. Se puder ser mais específico. Qual é mesmo o sobrenome?

Aurélio sentiu sua face corar.

— Isso infelizmente eu não sei.

— Sério? Isso sim é bem inusitado – disse com ironia. – Qual a relação de vocês?

Depois de hesitar um instante, Aurélio respondeu:

— Tivemos um namoro, mas tenho outras informações relevantes sobre ela.

— Hum... – murmurou o homem, olhando-o de soslaio – sou todo ouvidos.

— Sabina era um dos líderes do ML, Movimento...

— De Libertação, claro! – interrompeu o superintendente alterando a fisionomia. — Permita-me uma pergunta: como o senhor pode ter certeza de que Sabina era mesmo o nome dela? Nas guerrilhas, os nomes falsos são comuns...

— Sabina é o seu nome! – afirmou Aurélio com uma segurança que o surpreendeu.

— Tenho vivenciado esse drama todos os dias e sei como é difícil lidar com o desaparecimento de entes queridos... mas, infelizmente, nesse caso, não tenho como ajudá-lo.

— Como assim? Não deve ser difícil conseguir informação sobre o nome completo dela. Afinal, será que havia muitas mulheres no comando desse grupo?

— Meu senhor, essa não é a questão, ou melhor, não é a principal questão aqui.

— Não estou entendendo.

— Esses arquivos envolvendo grupos terroristas ainda estão com o Ministério da Defesa. Nós não temos competência para atuar neles, entende?

— Mas... mas isso é um absurdo! Não faz sentido! – desabafou Aurélio.

O superintendente ficou em silêncio e Aurélio sentiu como se estivesse a concordar com ele. Mas, após alguns segundos, o homem acrescentou:

— O Estado só pode funcionar graças à divisão de atribuições. Infelizmente, elas nem sempre vão agradar a todos, mas é assim que as coisas são, nada é perfeito.

Fazendo um gesto a indicar que se levantaria, acrescentou: Lamento não poder ajudar. Vou lhe passar os contatos do Ministério da Defesa. Tenho certeza de que lá vai conseguir o que procura.

Caminhou até a mesa, retirou da gaveta um cartão bege e o entregou Aurélio, indicando-lhe o caminho até a porta.

Em um misto de raiva e de incredulidade, Aurélio atravessou mais uma vez a porta da repartição. Será que essas coisas só acontecem comigo? – perguntava-se.

— Olá, Aurélio – ouviu uma voz familiar cumprimentá-lo do corredor. – Pelo visto você está como eu, tendo um dia de cão. O detetive tinha o rosto suado e a fisionomia cansada, mas parecia não perder o bom humor.

— Caramba, você foi escolher logo o dia mais quente do ano para botar um paletó – acrescentou ele entre risos – mas está elegante, meu jovem. Parabéns! Caprichou mesmo – completou o detetive.

— Valeu – disse Aurélio – mas não adiantou nada!

— Mesmo? Não te atenderam?

— Bom... atender, atenderam...

— Ah, está vendo? Já é alguma coisa – brincou o detetive.

— Mas me mandaram pra outro setor.

— Ah, isso por aqui é normal. Lembre-se de meus conselhos. O principal é paciência, muita paciência, meu caro – enfatizou ele.

Aurélio permitiu-se um sorriso. O humor do detetive era um alento naquele lugar sombrio. Lembrou-se do velho a animá-lo em seus primeiros dias na prisão e, também, da cega que, mesmo na escuridão, enxergava com os ouvidos.

O detetive já estava a partir quando Aurélio lhe indagou:

— Ei, Pedro! Qual é mesmo a raça do cão que está procurando?

27

Como se não bastasse a alegria pelo retorno do cãozinho, dona Pilar Gonzalez teve mais uma razão para alegrar-se naquele sábado. Ao abrir o jornal pela manhã, viu publicada, na coluna social, uma nota sobre a festa em seu apartamento, dando como certa a presença do Ministro da Justiça. Antiga conhecedora dos hábitos das sociáveis gentes, sabia o impacto daquela notícia.

Ligou imediatamente para o cerimonial e para o buffet, requisitando a presença de mais garçons e pedindo que mandassem, também, o dobro de bebidas. Podia dar como certas mesmo as presenças até então não confirmadas.

Ao terminar a ligação, ficou a desfrutar, sozinha, a esplêndida vista, antes que a cobertura fosse invadida pelo batalhão de pessoas que viriam preparar a festa. Este vai ser um longo dia! – disse para si mesma ao servir mais uma xícara de chá. Tenho de ir ao salão e ainda encontrar tempo para passear com Presidente, pensava ansiosa.

Desde que fora encontrado, o cachorrinho andava mais agitado do que nunca. Mas dona Pilar esperava que, ao menos durante a festa, estivesse mais tranquilo.

Os acordes iniciais do quarteto soaram um pouco antes das oito, mas os primeiros convidados ainda tardariam a chegar. Dona Pilar pegou uma taça de champanhe e bebeu-a num único gole. Ajudava a relaxar e aliviar a tensão que sentia antes de suas festas. Conferiu mais uma vez a roupa de Presidente, que parecia não valorizar minimamente o caríssimo pet smoking que ela lhe havia comprado. O laço, imitando uma gravata borboleta, já estava de novo revirado.

Seguindo os conselhos do detetive, Aurélio também se vestiu elegantemente para o evento. Depois de muito hesitar, terminou por usar o Patek Philippe de ouro que encontrou no baú da biblioteca. O blazer azul, a camisa de algodão e os sapatos italianos comprados na mais fina loja da cidade custaram, provavelmente, mais que todos os seus gastos com roupas até então.

Seduzido diante do espelho, terminou perdendo a hora que havia combinado com o detetive. Ao chegar à cobertura, Pedro terminava seu primeiro copo de whisky, conversando animadamente com duas beldades.

— Aurélio! Achei que não vinha! – disse o detetive assim que o avistou.

— Acabei me perdendo no caminho. Tudo bem?

— Tudo ótimo! – disse, sorrindo e apresentando as moças, ao mesmo tempo em que pedia whisky ao garçom.

Aurélio pensou em recusar, mas como as convidadas ergueram suas taças para um brinde, deixou que o garçom lhe servisse uma generosa dose.

— Um brinde àquele que encontrou Presidente! – propôs uma das moças fixando seus olhos verdes em Aurélio, que ficou sério e corou. O detetive já o tinha alertado sobre sua versão da história, mas ainda não lhe agradava figurar como o salvador do cãozinho. Confortava-o, contudo, se lembrar de como as jardineiras ficaram felizes ao receber sua parte na recompensa que fora paga ao detetive.

A banda tocava uma versão estilo bebop de Autumn Leaves quando o ministro da Justiça adentrou a sala. A certa distância, dois homens altos de terno escuro pareciam acompanhar seus passos.

Como se a chegada tivesse sido anunciada pelos microfones, subitamente, as conversas se interromperam, e, nas rodas, as pessoas se voltavam com maior ou menor discrição para olhar o ministro.

Os olhares chamaram a atenção de Aurélio que, por alguns momentos, também passou a observá-lo. Afora os dentes de uma brancura incomum, nada naquele homem parecia extraordinário. Lembrou-se de uma passagem de um livro que lera na prisão: quase sempre vemos as coisas mediante um véu de concepções preestabelecidas. Aquela verdade aliás, tinha sido por ele constatada em suas caminhadas. Em trilhas guiadas que fez com alguns grupos, quantas belezas extraordinárias eram olvidadas apenas por não figurarem entre os propósitos da jornada.

Tendo o cãozinho no colo, dona Pilar caminhou depressa ao encontro do ministro com beijos de boas-vindas.

O ministro ficou a acariciar o poodle enquanto outros convivas se aproximavam para saudá-lo.

Aos poucos os convidados foram retomando suas conversas, e Aurélio aproveitou para aproximar-se da moça de olhos verdes. Era uma jornalista e conversavam entretidos sobre literatura quando o detetive os interrompeu. Pedindo licença às garotas, sugeriu a Aurélio que fossem cumprimentar a dona da casa.

— Este é o momento! – disse o detetive, que não queria perder a oportunidade de ser apresentado ao ministro.

Quando notou que Aurélio não parecia animado a abandonar as garotas, lembrou-lhe que já havia conversado com a anfitriã sobre Sabina, e aquele seria o melhor momento para tratarem do assunto.

— Dona Pilar, que festa maravilhosa! – disse o detetive aproximando-se do grupo.

— Ah, Pedro, que bom que vieram, imagino que este seja o responsável pela alegria desta noite, não é mesmo?

Aurélio estendeu-lhe a mão.

— Muito prazer, dona Pilar. Estou me sentindo num dos salões do palacete de Guermantes.

— Ah, muito obrigada, querido! Já ouvi falar, onde fica mesmo?

O ministro pigarreou incomodado, mas Aurélio respondeu sem afetação ou constrangimento.

— É um dos cenários de Em busca do tempo perdido, de...

— Proust, sim, que beleza! – complementou dona Pilar – meu marido o adorava!

— Mas estou certo de que, se Proust estivesse aqui, teríamos ainda maiores razões para nos deleitarmos com seus livros – disse o ministro. – Afinal, as festas de Pilar são incomparavelmente melhores que as dos salões parisienses! – continuou ele, tingindo a bajulação com o ar professoral de que tanto gostava.

Como frequentemente fazia com o velho, Aurélio interpelou-o.

— Ministro, mas Proust não chega à conclusão de que as percepções estão mais em nós que nas coisas? Adoro a frase em que ele diz: "Não há sequer uma hora da minha vida que não tenha servido para me ensinar que tudo está no espírito".

Os olhos de lince do detetive perceberam que o ministro corou, mas seu desconcerto imediatamente se converteu em severidade. Transmutou sua fisionomia e com voz empostada e grave disse:

— Claro! Muito antes de Proust isso já havia sido sobejamente demonstrado por ninguém menos que Immanuel Kant. Não há nenhuma impressão que não passe pelos nossos sentidos. Mas, sem sombra de dúvida, a festa de Pilar seria fonte suprema de inspiração para qualquer artista.

Aurélio ouviu-o com interesse, mas incomodava-o o tom agressivo que parecia imprimir a cada palavra. Queria colocar outras questões, mas a postura do ministro e o olhar de recriminação de outros o desencorajaram.

— É mesmo uma linda festa – limitou-se a dizer.

— Meu caro, José Otávio! Ministro José Otávio, como é bom ouvir essa sua sabedoria – disse dona Pilar Gonzalez, sensibilizada pelos elogios. E virando-se para Aurélio, acrescentou:

— Mas você, meu jovem, parabéns! Além do bom gosto para vestir-se é um homem culto. Que maravilha!

— Um país se faz com homens e livros! – emendou o ministro, fulminando-o com o olhar e sem perder o tom professoral.

Aurélio teve aquela estranha sensação que experimentava quando rotulavam sua condição de caminhante sem caminhos.

— Os livros são para mim um fascínio. Se o que me trazem agrada a certa cultura está bem, mas aprecio a pólvora e sei que são também dinamite – disse Aurélio com serenidade.

— "Deixe-nos ler e deixe-nos dançar. Esses dois divertimentos nunca farão mal algum ao mundo!" – disse o ministro, ajeitando o blazer e meneando a cabeça.

— Mas Voltaire testemunhou o temor que a leitura despertava nos inimigos do iluminismo – afirmou Aurélio.

Naquele instante, o garçom se aproximava com bebidas, e o detetive, ávido em mudar de assunto, interveio:

— Gosto mesmo é do grande poeta que uma vez reconheceu que, se o cão é o melhor amigo do homem, o whisky é o cão engarrafado!

Com exceção do ministro, que apenas arqueou os lábios deixando entrever seus branquíssimos dentes, todo o grupo explodiu numa risada que pareceu aumentar ainda mais a volúpia pelo malte dezoito anos trazido na badeja.

Mais uma vez, Aurélio pensou em recusar, mas o detetive já lhe servia uma dose e, face ao entusiasmo de todos, acompanhou o brinde ao cãozinho Presidente.

— É mesmo um idiossincrático prazer o da bebida. Mas gosto de me lembrar sempre da advertência de um outro bardo, o inglês: "A bebida usa de subterfúgios: provoca o desejo mas impede sua execução!" – disse o ministro entre uma bebericada e outra. Os risos ecoaram, e ele pareceu mais confortável.

— Sensacional, onde está mesmo esta frase? – perguntou Aurélio com interesse.

O ministro vacilou por um segundo:

— Em Shakespeare, meu filho, o grande bardo inglês – respondeu, levantando o queixo.

— Sim, claro, mas em qual obra mesmo?

Aurélio notou novos olhares de recriminação pairarem sobre si. O ministro respondeu:

— Ora, em Hamlet, é claro! Essa enciclopédia insuplantável das paixões humanas.

Aurélio, que tinha lido Hamlet com prazer e atenção, não se recordava de tal passagem. Pensou em expressar sua dúvida, mas sentiu que seu genuíno interesse poderia ser tido como desafio. Era estranho o modo como o ministro falava sobre literatura, parecia haver uma arrogância e exibicionismo que ele jamais percebera no velho.

— Está gostando das novas funções, José Otávio? – indagou dona Pilar, mudando de assunto.

— Pilar, Pilar... a vida pública é uma constante doação. Os desafios são tão grandiosos que só mesmo a consciência da missão pode impelir-nos a seguir adiante.

— Imagino... – murmurou ela.

— Veja só essa questão ambiental que enfrentamos – fez uma pausa para beber o whisky. — Medidas importantíssimas para o nosso desenvolvimento, como o aumento de portos e de aeroportos, estão sendo postas em xeque por um grupo de radicais.

— Esses protestos já estão incomodando toda a vizinhança na orla – disse um colunista de ares aristocráticos que tomava whisky sem gelo.

— E estes já são outros, estão a protestar por outro motivo – afirmou o ministro numa risada sarcástica. — Querem impedir a construção do novo hospital junto à Pedra da Serra. Sustentam que a construção lhes bloqueará a vista.

Impostando novamente a voz, o ministro fez um gesto circular com a mão esquerda e recitou:

"Noite. Certo
muitos são os astros.
Mas o edifício barra-me a vista.
Nada escrito no céu, sei
Mas queria vê-lo.
O edifício barra-me
a vista. Zumbido
de besouro. Motor
arfando. O edifício barra-me
a vista.
Assim ao luar é mais humilde.
Por ele é que sei do luar.
Não, não me barra
a vista. A vista se barra
a si mesma."

O ministro, de forma triunfal, concluiu a declamação, colocando grande ênfase no último verso. E completou:

— O grande Drummond nos dá uma imensa lição não é mesmo? Por isso digo sempre, precisamos de mais poesia!

— Que beleza, José Otávio! Que memória! – elogiou dona Pilar enternecida. — Que horror esses ambientalistas! Desse jeito, vão preferir acabar com a humanidade, condenar a gente a não progredir para proteger plantas e bichos!

Aurélio não sabia o que mais o incomodava, se a apropriação retórica daquele poeta de que tanto gostava ou a contradição no discurso de quem dizia tanto amar seu cachorrinho. Seu desconforto devia estar saltando aos olhos pois, no momento em que ia fazer uma observação, o detetive pegou-o pelo braço, pediu licença e levou-o para junto às jornalistas que conversavam a poucos metros dali.

28

A banda tocava algumas clássicos de swing e jive, e o detetive, já na quarta dose de whisky, tirou uma das jornalistas para dançar. Aurélio ainda conservava o mesmo copo mas, inebriado pelos olhos da moça, pegou-a pela cintura e também bailaram. Tinha escassa experiência como dançarino, mas transbordava de entusiasmo. Imitando os passos do detetive, desfrutaram deliciosos momentos.

Durante o jantar, que foi servido em magníficas baixelas de prata, dona Pilar aproximou-se de Aurélio para lhe agradecer mais uma vez. Disse que estava a par de seu caso e que poderia contar com ela em sua procura por Sabina.

A banda já havia parado de tocar quando a jornalista sussurrou aos ouvidos de Aurélio que tinha de ir embora. Bem mais descontraído após a terceira dose de whisky, Aurélio ofereceu-se para acompanhá-la, não tanto por cavalheirismo quanto por atração por seus olhos.

Despediram-se apenas do grupo que cercava a anfitriã
e partiram. No elevador, Aurélio não se conteve e conseguiu roubar-lhe um beijo, que foi correspondido e multiplicado em abraços, e um espaço acantonado no hall de entrada garantiu a continuidade das carícias.

Ficaram ali por longo tempo e, no afã dos abraços, Aurélio permitiu que suas mãos deslizassem prazerosamente pelo corpo receptivo da moça. Na vibração daquele encontro, em que ambos também se perdiam, tomou-a pelo braço e saíram para a rua.

— Vamos pra sua casa? – perguntou ela. Aurélio corou, não podia levar ninguém ao apartamento do velho.

— Não, não tem jeito, estou morando aqui com uma tia – gaguejou, percebendo o desapontamento nas faces da garota. Mas vamos a um lugar especial, você vai ver – emendou.

Caminharam de mãos dadas por várias quadras, beijando-se e acariciando-se a cada esquina. Ao avistarem um gramado, Aurélio sinalizou para atravessarem. Ali estava um dos seus lugares favoritos na cidade. O parque de árvores frondosas erguido em torno a uma fonte natural dava-lhe a nostálgica sensação de retorno à casa.

— Quem você pensa que sou? – disse a jornalista ofendida.

— Como assim? Qual o problema? – perguntou ele.

— Qual o problema? Você me leva para o mato no meio da noite?!

— Não é perigoso, já vim aqui várias vezes – disse de modo inocente.

— Ah! Vá se catar com suas putas! – respondeu a moça e, num gesto brusco, livrou-se de seu abraço, pondo-se a caminhar rapidamente para longe.

Aurélio seguiu cabisbaixo pelo caminho que planejava fazer com a garota. O parque era ainda mais aconchegante à noite, quando o som da água na fonte não enfrentava a concorrência da cidade e, numa noite iluminada como aquela, árvores e formações rochosas adquiriam especiais contornos. Sentou-se num banco junto à fonte e viu que uma coruja o observava.

Para Aurélio, aquele seria um lugar perfeito para o amor, exercido em descontraída liberdade. Mas esse era o seu sentimento, e não pretendia que fosse a verdade. Com as aves e os livros aprendera que contemplar é maior do que julgar.

29

Vinte dias depois, enquanto aguardava audiência com o ministro da Justiça, Aurélio observava impressionado o requinte da sala de espera. Seus móveis e ornamentos, elegantes e confortáveis, pareciam um contraponto às repartições por onde passara em verdadeira peregrinação.

Esse pensamento lhe ocorreu assim que se sentou num dos macios sofás que circundavam o grande tapete oriental, cujo mosaico iluminava o ambiente. Aprazível e curiosa era também a abundância de verde emanando dos vasos espalhados pela sala. Alusões ao hospitaleiro abrigo da natureza, que o ministro parecia desdenhar.

Aurélio encantou-se pelo repertório da música ambiente, e a secretária teve de chamá-lo por várias enquanto ouvia o Adagio do Concerto número cinco para piano e orquestra, de Bach.

Ao entrar no gabinete, o ministro o aguardava de pé no meio da sala.

— Boa tarde, meu jovem, entre!

— Boa tarde, ministro José Otávio! – e, estendendo-lhe a mão, agradeceu: — Muito obrigado por me receber.

— Pilar é uma grandiosíssima e querida amiga e não poderia deixar de atendê-la. Vamos nos sentar! – Disse apontando, com o braço, em direção a uma das poltronas.

Antes de chegarem a elas, porém, Aurélio observou as estantes recobertas de livros na parede lateral da sala.

— O senhor possui uma bela biblioteca aqui.

— Costumo dizer que esses são meus livros de cabeceira – disse o ministro em tom jocoso, e acrescentou: – A biblioteca fica em minha casa!

— Puxa, e como são bonitas as encadernações – disse Aurélio, alcançando o Principles of Political Economy, de John Stuart Mill, numa edição revestida em couro vermelho.

— Você é leitor de Mill? – indagou o ministro, prestando muita atenção à resposta.

— Nunca li esse. Mas andei lendo Sobre a liberdade. Fiquei fascinado com a ideia de que a liberdade do indivíduo só não deve encontrar limites naquilo que, de fato, diga respeito aos outros.

— Onde você estudou? – indagou o ministro.

— Em cadeiras mesmo – respondeu sorrindo – na maioria não muito confortáveis.

O ministro explodiu numa risada:

— Essa é ótima, vou plagiá-lo, se me permite! Essa resposta pode facilitar muito minha vida – disse, apontando para os diplomas afixados na parede onde se viam estampadas as insígnias de prestigiosas universidades.

— Parabéns – disse Aurélio com singeleza, pegando um outro volume com escritos de Martin Heidegger em capa de couro verde.

— Já leu Heidegger também? – indagou, curioso, o ministro, que parecia já ter-se esquecido da conversa na festa de dona Pilar.

— Apenas a Carta sobre o humanismo, mas tinha um amigo que falava muito dele.

— Ah, meu jovem, como precisamos de humanismo nestes dias conturbados. Precisamos mesmo voltar a falar abertamente sobre esse tema, como Heidegger bem disse. Se soubesse o tempo que me tem sido consumido aqui em problemas cuja essência é a total falta de humanidade.

Aurélio, olhando-o com suspeita, indagou:

— É mesmo, que problemas são esses?

— Não sei se tem acompanhado a discussão a respeito do novo hospital metropolitano. Uma das maiores conquistas deste governo foi a aprovação desse projeto.

— Acho que li a respeito, é o que vai ser construído na Pedra da Serra, não é mesmo? Mas não é um hospital privado?

— Sim, o capital é privado, mas seu licenciamento só foi conseguido em nossa administração, e vai agregar centenas de leitos para um cidade que carece deles. É um hospital para o povo, um projeto a favor da vida humana – disse o ministro em tom apoteótico. Após uma pausa completou:

— E não é que os moradores do bairro se juntam a esquizofrênicos ambientalistas e querem impedir a construção? Para não prejudicarem a bela vista de suas casas, vão contra um projeto que salvará milhares de pessoas. E usam como pretexto meia dúzia de corujas e umas aves cujas espécies ninguém nunca ouviu falar, algo assustadoramente desumano. Por isso, eu digo sempre, precisamos resgatar o humanismo!

Aurélio olhava para o alto tentando controlar seu inconformismo com aquelas palavras. Quantos crimes não foram cometidos sob o manto de clichês humanitários? Afinal, em uma cidade tão grande, não haveria outro lugar para se construir o hospital? A mata atlântica não era, também, um reduto de vida? Tais pensamentos fustigavam-lhe o espírito, mas, ao lembrar-se de Sabina, não se deixou dominar. O ministro podia ser sua última esperança.

— Sentemo-nos! – disse o ministro indicando os sofás no meio da sala. – Pelo que entendi, você está a procura de um familiar desaparecido não é isso?

— Na verdade, é alguém com quem tive um relacionamento, seu nome é Sabina – Aurélio resumiu ao ministro a história que havia contado inúmeras vezes em repartições estatais desde que começara sua busca.

— A medida do amor é mesmo amar sem medida, como magistralmente nos ensinou Santo Agostinho – filosofou, pomposamente, o ministro. — Um pedido de Pilar Gonzalez para mim será sempre uma ordem – continuou ele – ainda mais quando os propósitos são nobres. Saiba que pode contar comigo, meu jovem, mas saiba também que tal empreitada não será fácil.

Quando Aurélio esboçava uma indagação, o ministro continuou:

— Um dos maiores obstáculos de uma revolução é a reconstrução da memória. Quirino, assim como a maior parte dos ditadores, foi bastante eficiente na destruição de seus arquivos, e hoje estamos às voltas com medidas para tentar reaver minimamente as informações perdidas.

— É eu sei... – disse Aurélio – estive nesse novo departamento.

— Pois bem, mas esse é um processo lento e oneroso como pode imaginar. Estamos irmanados, o Ministério da Justiça e o da Defesa, lutando para o resgate desses dados, mas não é algo que se consegue num passe de mágica.

— Mas a revolução foi tão repentina. Tiveram mesmo tempo de acabar com todos os registros? E pessoas como ela deviam ter registro em diversos lugares, não?

— Meu jovem, você não sabe como são as questões de Estado. Por mais repentina que seja uma revolução, os gover-

nos autoritários, em certos aspectos, parecem preparados para ela. Já incluem esta possibilidade em seu *modus operandi*.

O ministro falava de um modo cada vez mais eloquente, e Aurélio seguia seu raciocínio, olhando-o com suspeita. Ao contrário do que ele sustentava, sempre tivera a percepção de que a primeira lei abolida no imaginário de ditadores era a da finitude humana. Falavam e agiam como se fossem gozar de um poder eterno.

Assim que Aurélio saiu, o ministro sentou-se em sua cadeira e recostou o assento, pondo para tocar a Vocalise "Opus 34 para violoncelo", de Rachmaninov. Tomado pela nostalgia de algo que poderia ter sido, ficou a contemplar o vazio. Solicitou então uma ligação para o Ministério da Defesa.

Aquele rapaz estava longe de possuir suas credenciais acadêmicas, todavia mantinha uma proximidade essencial com os livros; não tivera como ele tantas experiências amorosas, mas conservava uma autenticidade de sentimentos.

O toque do telefone interrompeu seus pensamentos.

— Senhor, o ministro da Defesa está na linha – disse a secretária.

— Meu caro general Torres, tudo bem?

— Tudo em ordem, senhor ministro, como posso ajudar?

— O senhor tem acompanhado o movimento desses ambientalistas? Ecos se propagam pelo interior do país, estou ficando preocupado.

— Na tal democracia é tudo mais difícil, não é mesmo? – observou o general com sarcasmo.

— Nem tudo, meu caro general, nem tudo. Mas precisamos pensar ações conjuntas, estou com medo de inviabilizarem os investimentos.

— Não temos uma reunião marcada para segunda? – disse o general como que encerrando a conversa.

— É mesmo!... Temos sim... claro! – disse o ministro José Otávio fingindo consultar a agenda.

— Posso lhe trazer uma outra questão? – acrescentou.

— Sim.

— É sobre as informações dos desaparecidos políticos. Nosso departamento está com acesso muito limitado.

— Ministro, o senhor sabe tão bem como eu que esses arquivos devem permanecer em sigilo. Isso foi acordado com o presidente desde o início.

— Sim, eu sei, não queremos retirar o sigilo, mas acho que o Ministério da Justiça também deveria ter acesso aos dados. Sem a luta de muitos desses homens nossa revolução não teria sido possível – afirmou o ministro.

— Ah ministro, ministro! Um velho comandante me ensinou um truque para testar a verdade das palavras. Segundo ele, devemos levar suas consequências ao extremo. Nesse caso, devemos também cortar a cabeça dos que estiveram ao lado de Quirino?

A testa do ministro umedeceu, e um frio percorreu-lhe a espinha.

30

Com os conhecimentos adquiridos em seu antigo trabalho no comércio, Aurélio passou a investir o dinheiro encontrado na biblioteca. Os rendimentos eram mais do que suficientes para mantê-lo, permitindo que alugasse também um pequeno apartamento na zona sul da cidade.

Desde então, sua rotina havia sido inteiramente mudada. Como economizava tempo dos longos deslocamentos que antes fazia, seus dias pareciam maiores. Muito maior era, também, o número de amigos e de namoradas, e eram raros os dias em que não havia convites para festas, espetáculos, jantares.

Nunca mais voltara a ver a jornalista, mas a fantasia que tivera sobre o parque terminou concretizando-se por diversas vezes, com outras garotas. Aprendera a usar o estratagema de que César Augusto se valeu para chegar ao poder em Roma. Nunca as levava ao parque no primeiro encontro.

Aurélio já não tinha a ingênua espontaneidade de outrora e, muitas vezes, surpreendia-se calculando ações e medindo palavras. Ia pouco à biblioteca e já não se encantava com as aves que lhe cruzavam o caminho. Mas não perdera o hábito da leitura. Lia, e sobretudo relia com imenso prazer os livros que o tinham marcado.

Desde seu encontro com a jardineira, a poesia passou a ocupar relevante lugar em sua vida, descobrindo nos versos, assim como nas mulheres, os mais deliciosos sentidos. Lendo poemas na cama, deleitava-se com transas em meio aos livros, e por vezes se perguntava se aquilo também não era amor...

Entristecia-se ao lembrar que não conseguira encontrar Sabina, mas seu coração, tão transformado, ainda mantinha alguma esperança. Só trazia, porém, uma certeza: se havia algum legado deixado ao país pelos sucessivos governos autoritários era o enorme véu, difuso e espesso, com que se cobriam as verdades.

Naquele tempo, chegaram-lhe algumas cartas da família. Nunca palavras tão afáveis tanto o magoaram. Não cultivava rancor contra seus familiares, mas era triste constatar que todas as cartas haviam sido postadas na mesma semana em que aparecera, mais de uma vez, em colunas sociais.

Mantidas sobre a escrivaninha, as cartas não foram relidas e tampouco respondidas. Deixou-as ali como símbolos, cujos claros e enigmáticos sentidos aos poucos ia desvelando. As famílias desconhecem os caminhos oblíquos de suas ações!

Foi nessa época que Aurélio voltou a frequentar a biblioteca, reascendendo em si o desejo de prosseguir com os planos do velho. Passava horas lendo, limpando e organizando livros. Ocasionalmente, cansado do trabalho, adormecia entre as estantes.

Numa dessas ocasiões, foi despertado com batidas na janela. Levantou-se, às pressas, e percebeu que o barulho vinha do quarto. O som parecia intensificar-se com a proximidade de seus passos. Chegando ao aposento, percebeu que um pássaro ali se debatia.

— Como será que entrou aqui?

Com movimentos cuidadosos caminhou em sua direção, mas o pássaro, num voo rasante, atravessou o quarto e saiu pela porta de entrada, derrubando o porta-retratos sobre a escrivaninha.

Ao agachar-se para pegá-lo, Aurélio notou que o vidro havia se quebrado e a foto do velho pendia para fora da moldura. Pegou-a com delicadeza, verificando que tinha sofrido danos.

Enquanto a segurava, percebeu que um outro papel remanescia entre os fragmentos de vidro. Era um bilhete, cujas dobras amareladas denunciavam sua idade. Abrindo-o, leu vagarosamente duas estrofes do "Soneto da fidelidade", de Vinicius de Moraes, ali transcrito:

"De tudo ao meu amor serei atento antes
E com tal zelo, e sempre, e tanto
Que mesmo em face do maior encanto
Dele se encante mais meu pensamento

Quero vivê-lo em cada vão momento
E em seu louvor hei de espalhar meu canto
E rir meu riso e derramar meu pranto
Ao seu pesar e seu contentamento".
(A você, meu amante, amigo e companheiro,
o meu amor eterno.)

O nome que vinha assinado abaixo não lhe causaria qualquer surpresa não fosse a presença legível do sobrenome: Cláudia de Lima Braga. Não seria um nome difícil de ser localizado na cidade. Um sorriso arqueou em sua face. Os planos do velho poderiam encontrar novo começo.

Antes de voltar a seu apartamento para dar início àquela busca, lembrou-se, porém, do pássaro. Procurou-o por mais de uma hora em todos os cômodos da casa, mas não conseguiu encontrar dele qualquer vestígio.

Na rua, pouco antes de tomar um táxi, olhou atentamente para o terceiro andar. As janelas estavam todas fechadas, e não havia sinal de qualquer fenda ou fresta.

31

De acordo com a lista telefônica, eram seis os homônimos de Cláudia de Lima Braga na cidade. Estudando o mapa, Aurélio procurou traçar a rota mais curta e rápida para fazer as visitas.

Levaria consigo o bilhete e a foto, caso lhe pedissem alguma prova de sua história. Relera-o mais de uma vez e estava convencido de que Cláudia havia tido um importante papel em tudo aquilo, sendo fundamental para seguirem adiante com os planos.

Atravessava resoluto o portão do edifício, quando foi interpelado pelo porteiro.

— Sr. Aurélio, tem uma carta aqui pro senhor, acabou de chegar... parece que é urgente.

— Carta? – disse Aurélio, imaginando ser mais uma missiva da família.

— O motorista de um carrão preto deixou aqui há uns minutinhos.

Mudando seu trajeto, Aurélio aproximou-se do porteiro para pegar a correspondência.

— Ele disse o nome ou de onde era? – quis saber, ao constatar que não havia remetente.

— Não disse nada, não senhor. Eu bem que perguntei, mas ele só disse que era pro senhor e saiu às pressas.

Como tinha premência em seus planos, Aurélio pôs a carta no bolso da jaqueta e partiu. Há algumas quadras dali, parou para consultar mais uma vez o mapa e certificar-se da direção. Intencionalmente ou não, acabou por retirar, também, a misteriosa carta do bolso.

Resolveu abri-la enquanto caminhava, guardando o envelope na jaqueta. Porém, antes mesmo de chegar à esquina, interrompeu bruscamente a marcha e, congelando todos os movimentos empalideceu.

A carta era breve e objetiva, mas trazia aquela resposta que por tanto tempo havia buscado. Sabina teria se exilado do país, voltando recentemente sob uma nova identidade. Estaria trabalhando como diretora de uma grande empresa que, para surpresa de Aurélio, tinha como sede sua terra natal.

Apesar de anônima, pressentiu que a mensagem era verdadeira. Nunca acreditara na morte de Sabina e, pelas circunstâncias descritas pelo porteiro, intuiu então quem lhe havia enviado. Porém, o elemento que para ele evidenciava a veracidade incontestável do texto emanava do nome da empresa onde Sabina teria se empregado: Wings!

– Asas! – repetiu em voz alta várias vezes para si mesmo, sentindo o sorriso se expandir a cada vez que o fazia.

Sabina fora ao encontro de sua paixão, assumindo as aves como ofício e vocação. Após tortuosos caminhos, o destino lhes redimia.

Dirigiu-se para o porto e tomou a primeira embarcação para a cidade da qual há tanto tempo havia partido.

32

A brisa do outono formava uma agradável combinação com a luz solar, e Aurélio passou toda a viagem sobre a proa. O vento, o sol e o mar eram elementos que sempre lhe traziam paz, mas naquele dia parecia não desfrutar tal prazer. O presente não lhe tocava e ele era todo destino.

A profusão de pensamentos só foi interrompida quando avistou um bando de atobás voando em direção ao barco. Logo adiante, gaivotas deslocavam-se do porto que então se avistava.

Aurélio ficou a imaginar o que aquilo representaria, pois, à medida que se aproximava da costa, percebia uma revoada de aves como nunca vira por ali. Voltou-se para o marinheiro ao seu lado e perguntou se sabia explicar o fenômeno.

— Aprecie bem, pois pode ser a última vez que vai vê-las aqui! – disse numa áspera voz de inconformismo.

Aurélio olhou-o atônito:

— Por quê? O que está acontecendo?

— Coisas do progresso, como dizem por aí – respondeu o marinheiro com uma interjeição na face – depois que a tal Wings chegou por aqui e vieram com as atividades de mineração e esse novo aeroporto internacional, acho que afetaram tudo. As aves estão migrando em massa. Não sei se já conhecia aqui, era uma beleza – concluiu o homem com tristeza.

Antes que Aurélio pudesse assimilar aquelas palavras, percebeu um enorme vulto alado por sobre as montanhas. Por um instante, chegou a pensar nas harpias e nas águias, mas o estrepitoso ruído mecânico impedia qualquer engano.

Aproximava-se voando em direção ao solo e ia se tornando cada vez maior. Aurélio logo poderia ler, inscrita em letras vermelhas bem acima das asas metálicas, a mesma palavra que acalentara suas esperanças: Wings.

A solidez do mundo construída com mãos que buscam edificar impérios seria sempre um contraponto à liberdade gratuita, singela e alada dos pássaros. Uma frase dita pelo velho ecoou novamente em seus ouvidos: "As revoluções que tolherem as asas serão sempre vazias e perigosas".

O poder deixava ali sua marca, mas as aves, chegantes absolutos, seguiriam sua viagem, cantando a liberdade presente em cada voo.

[1ª Edição 2019]

Esse livro foi composto em Quadraat
e impresso em papel Pólen Soft 80g/m²
para a Quixote + Do Editoras Associadas

MISTO
Papel proveniente de fontes responsáveis
FSC® C092828
FSC www.fsc.org

PRINTED WITH SOY INK®